知中编委会 编著

WE LOVE BEAUTIFUL POETRY

太喜欢诗词了！

宋

中信出版集团 | 北京

图书在版编目（CIP）数据

太喜欢诗词了！. 宋 / 知中编委会编著 . -- 北京 : 中信出版社 , 2021.3

ISBN 978-7-5217-2854-5

Ⅰ . ①太… Ⅱ . ①知… Ⅲ . ①古典诗歌－作品集－中国－宋代 Ⅳ . ①I22

中国版本图书馆 CIP 数据核字 (2021) 第 034397 号

太喜欢诗词了！宋

编　著：知中编委会

出版发行：中信出版集团股份有限公司

（北京市朝阳区惠新东街甲 4 号富盛大厦 2 座　邮编　100029）

承 印 者：天津海顺印业包装有限公司分公司

开　本：787mm×1092mm　1/16　　　印　张：7.25　　　字　数：232千字

版　次：2021年3月第1版　　　印　次：2021年3月第1次印刷

书　号：ISBN 978-7-5217-2854-5

定　价：50.00 元

服务热线：400-600-8099

投稿邮箱：author@citicpub.com

目录

太喜欢诗词了！宋

图书策划
知中 ZHICHINA
红披风

出版人
苏静

艺术指导
强尼

内容监制
叶扬斌 / 曲群（实习）

策划编辑
叶扬斌 / 陈瑜

责任编辑
郝兰

文字编辑
段迎春 / 吴岭

营销编辑
王沛 / 金慧霖 / 陆琮
徐昇声 / 张旖旎

撰稿人
Pla / 王诗媛 / 郭莹莹 / 王诗婷

插画师
何文歆

联系我们 zhichina@foxmail.com

出版发行
中信出版集团股份有限公司，
北京市朝阳区惠新东街甲 4 号，
富盛大厦 2 座，100029

微博账号
@ 知中 ZHICHINA

微信账号
ZHICHINA2017

宋词与宋诗总览

宋

宋代诗词呈现出独特的面目：相较于唐诗的重情感与意境，很多宋诗会讲道理，发议论，体现诗人的才学、观点，这与宋代理学的兴盛有关；词在晚唐时是酒桌间娱乐的歌曲，到宋代发展为与诗同等重要的抒情文学体裁，有婉约和豪放两大美学特征。

从北宋到南宋的更迭中，家国破碎对诗人们的创作产生了极为重要的影响，他们或是在诗词创作中抒发失去故土的心痛，或是表达渴望收复失地的爱国激情，当然还有其他更为深刻复杂的内容，阅读时可不要忘记这一点。

天仙子·水调数声持酒听　　标题 ◆　　词牌 ◆

时为嘉禾小倅，以病眠，不赴府会。　　小序 ●

《水调》数声持酒听，午醉醒来愁未醒。送春春去几时回？临晚镜，伤流景，往事后期空记省。　　上阕 ▲

沙上并禽池上暝，云破月来花弄影。重重帘幕密遮灯，风不定，人初静，明日落红应满径。　　下阕 ▲

我们今天读的词，在古代时都是有旋律的，宴会时由歌女来演唱，它有点像我们今天听到的流行歌曲的歌词，因而词可以看作是一种“音乐文学”。与每句字数相同的五言诗、七言诗相比，词的句子长短不一，因而也叫“长短句”。一首词一般由词牌、标题、小序、上阕和下阕组成。

◆ 词牌与标题

“词牌”就是词的曲调名称。词人在作词时，有时候使用已有的词牌名，有的时候也会自己起新的词牌，比如柳永的《望海潮》。不同的词牌名代表了不同的曲调形式，反映在文字上就是对字数、声调的不同要求。但词人可以自由写作内容，因此，有时候我们不能单从词牌了解一首词的内容。有的词人会在词牌后补一个自己起的标题，比如苏轼的《念奴娇·赤壁怀古》，“念奴娇”是这首词的词牌，“赤壁怀古”是它的标题，从中我们可以知道这首词是苏轼在赤壁游玩时所怀想的古代的人和事。

● 小序

小序是词人为了说明自己写词时的背景、原因等而做的补充。

▲ 上阕与下阕

我们今天读到的词中，大部分是一段，或分为上下两段，很少有三段或以上的。最常见的是分为上下两部分的词，上部分叫作“上阕”，而下面那一部分则叫作“下阕”，也可以叫作“上片”“下片”。

	诗	词
960 年，北宋建立		
北宋前期	• 沿袭晚唐诗风 ① **白体：**学习白居易。其中，白体诗人王禹偁是宋诗创作开风气之先的人物。 ② **晚唐体：**学习姚合、贾岛等苦吟派诗人。 ③ **西昆体：**学习李商隐，有《西昆酬唱集》。	• 延续晚唐和五代时期花间词的传统，婉约词风占主导。 • 范仲淹用词来写自己的边塞军旅经历，开启了宋代豪放词的先河。 • 柳永大量创作慢词，突破了宋初以小令为主的局面。
北宋中期	• 欧阳修、梅尧臣等人，纠正宋初西昆体华而不实的创作倾向，重视诗歌的实际功用。 • 宋诗三大家——王安石、苏轼、黄庭坚的创作，令宋诗的发展达到鼎盛。	• 苏轼用词来抒发自我的胸襟抱负，让词与诗同样可以抒情言志，并大力创作豪放词。
北宋后期	• 以黄庭坚、陈师道为核心形成一个诗歌团体，吕本中将其命名为“江西诗派”，该诗派在南宋继续发展，十分有影响力。	• 周邦彦建立词在音律、句法和章法等方面的艺术规范，他的词也体现了北宋婉约词风的大成。
1127 年，北宋灭亡，南宋建立		
南宋前期	• 进入南宋后，江西诗派诗人，如陈与义、曾几等人继续创作。	• 张孝祥延续了苏轼的豪放词创作，词风慷慨悲凉，也影响了辛弃疾的豪放词创作。 • 李清照巾帼不让须眉，是南宋前期成就最高的词人。
南宋中期	• 中兴四大诗人尤袤、杨万里、范成大、陆游，突破江西诗派的束缚，使南宋诗发展迎来繁荣。	• 辛弃疾彰显英雄主义，促进了豪放词的发展壮大；他在词中抒情、言志、议论、叙事，促进了词的表现力，成为辛派词人的领军人物。
南宋后期	• 回归对晚唐诗的崇尚，诗坛上开始兴起脱离现实、吟咏风月的风气，以永嘉四灵和江湖诗人为代表。	• 江湖词人出现在词坛，吟咏风月、歌咏田园，境界略狭小，较有成就的有姜夔、吴文英等。
1279 年，南宋灭亡		

• 部分文人进入元代继续创作，成为遗民诗人，较有成就的有文天祥、蒋捷、王沂孙等。

林逋：我是“以梅为妻，以鹤为子”的隐逸诗人

◇◇◇◇◇◇◇◇◇◇◇◇◇◇◇◇◇◇◇◇◇

林逋（967—1029）

字君复，钱塘（今浙江杭州）人。林逋是北宋著名的隐逸诗人，隐居于西湖孤山之中，终身不做官、不娶妻。他以植梅养鹤为乐，自称“以梅为妻，以鹤为子”，后世因此以“梅妻鹤子”一词来比喻隐逸生活与恬然自适的处世心态。苏轼曾在《书林逋诗后》一诗中称林逋是“绝俗人”“神清骨冷无由俗”。林逋逝世之后，宋仁宗赐谥号“和靖先生”，所以我们又可以称他为林和靖，其存世的诗篇皆收录于《林和靖先生诗集》。

◇◇◇◇◇◇◇◇◇◇◇◇◇◇◇◇◇◇◇◇◇

诗人故事

杭州西湖大家都去玩过吗？它已经成了著名的风景区，即便是工作日去，都十分热闹呢！也许大家会疑惑，在这么热闹的地方，怎么能说是隐居呢？其实在我生活的年代，西湖并没现在这么出名，杭州也没有你们看到的这般繁华呢！

我成人之后曾到处游览，见识了长江、淮河一带的繁华与艳丽，却还是向往故乡西湖的那一片湖光山色。所以我最终回到了故乡，隐居在西湖的孤山上，有二十余年之久。孤山是湖中的岛屿，矗立在西湖的北面湖中，唐代诗人白居易曾写诗说，“孤山寺北贾亭西，水面初平云脚低”，可谓碧波环绕、风景优美，我生活在其中感到十分快乐。

我爱作诗写文，小有诗名，宋真宗听说后，赐予我好些粮食与布帛，还诏告府县时时接济我。我或许有些做官的才能，大家都劝我出仕，但我的志向却不在于此，眼前的这一片孤山美景才是我心之所在。

我本来不愿意自己的文字流传于世，所以写好的文稿总会被我扔掉，但其中一部分诗作还是被抄录了下来，所以今天你们还能读到我的诗歌，这或许也是一种缘分吧！

我一生都没有娶妻生子，但并不觉得孤单。我在园中种了几株梅树，冬天就在雪中赏梅。我还养了两只白鹤，当我泛舟湖上时，如果有客人来做客，童仆就会放飞白鹤，在通讯不便利的年代里，白鹤就像是一则短信一样，我一看到便知道要速速回家了。

这样的日子悠闲自在，能按照自己的心意度过漫长的一生，实在是一件幸福的事情啊！

山园小梅

众芳摇落独暄妍，
占尽风情向小园。
疏影横斜水清浅，
暗香浮动月黄昏。
霜禽欲下先偷眼，
粉蝶如知合断魂。
幸有微吟可相狎，
不须檀板共金尊。

·暄妍（xuānyán）：天气平和温暖，景物明媚
·狎（xiá）：熟悉、亲近

知识卡片 梅花诗的代表作

《山园小梅》是林逋诗的代表作，也是咏梅的代表作之一。梅花作为审美对象，起于魏晋时代，到了宋代已经成为诗歌创作中最重要的意象和题材之一。梅花被赋予高雅、孤傲、脱俗的人格特征。在诗话作品中还有这样一个故事，有人曾问诗人赵师秀作诗如何脱俗，他回答道："但能饱吃梅花数斗，胸次玲珑，自能作诗。"诗人刘小山又作诗道："小窗细嚼梅花蕊，吐出新诗字字香。"林逋以梅为妻，便是在传达一种风雅的生活态度。

杨亿：我是“西昆体”的代表诗人

◇◇◇◇◇◇◇◇◇◇◇◇◇◇◇◇◇◇◇◇◇◇◇◇

杨亿（974—1020）

字大年，建州浦城（今福建浦城县）人，宋初“西昆体”诗风的代表诗人。杨亿很有学问，参与过《宋太宗实录》《册府元龟》的修撰工作。曾与秘阁文士作诗唱和，并将其编为《西昆酬唱集》，“西昆体”由此得名。其主要作品有《武夷新集》《内外制》《刀笔》等。

◇◇◇◇◇◇◇◇◇◇◇◇◇◇◇◇◇◇◇◇◇◇◇◇

诗人故事

大家或许对我很陌生，那我先做个自我介绍吧。我叫杨亿，生活在文人辈出的大宋王朝。十一岁时，我应太宗的诏旨来到京城，现场作诗赋五篇，赢得了太宗的赞赏，还赐了我校正书籍的官职。我算有点天分，但并不以此为傲，依旧勤奋学习，昼夜不息。我的祖父见我如此努力，便语重心长地对我说：“光耀门楣就靠你了。”

好在我不负众望，在十八岁那年考中了进士。那时有赏花曲宴等活动，太宗常召我随往，让我作诗，还将我诗中的佳词警句读给宰相听。有时一些官员上表陈疏，也借用我的风格，我也由此变得越来越有名。

后来，由于我看书相对比较多，精通典章制度，长于史学，所以有幸参与修撰了《宋太宗实录》。可以很骄傲地说，《宋太宗实录》共八十卷，我一人便完成了五十六卷。这一经历使我后来得以修撰堪称政事历史类百科全书的《册府元龟》，还参与了国史的修撰。

在编撰《册府元龟》之时，我与钱惟演、刘筠等人聚集于皇帝藏书的秘阁，流连光景、优游岁月，时常切磋诗艺、相互唱和，后来我就将这些唱和诗结集成册。古代帝王有将文章书册藏于名山的嗜好，比如《穆天子传》中提到的群玉山。而据《山海经》记载，群玉山位于昆仑山之西。我借用这个典故的好寓意，将这本诗集命名为《西昆酬唱集》，里面收录了 17 个人的 250 首近体诗，其中大多是我与钱惟演、刘筠三人的诗，共 202 首。《西昆酬唱集》的影响很大，后进学者都竞相仿效，由此形成了一种辞藻华丽的诗歌风格——西昆体，在宋朝初年的诗坛上独领风骚。

这就是我的一生，大家现在对我应该不再陌生了吧！那么，就来读读我的诗歌吧！或许你会喜欢上我的诗风也说不定呦！

南朝

五鼓端门漏滴稀，夜签声断翠华飞。
繁星晓埭闻鸡度，细雨春场射雉归。
步试金莲波溅袜，歌翻玉树涕沾衣。
龙盘王气终三百，犹得澄澜对敞扉。

·埭（dài）：用来堵水的土堤
·雉（zhì）：野鸡

知识卡片 以史为镜，可以知兴衰

《南朝》是一首酬唱诗，仿效了唐朝诗人李商隐的同题咏史诗《南朝》。前三联诗人用一系列的典故叙述了南朝君王荒淫无道的种种行为。首联写的是齐武帝日夜与宫女寻欢作乐、纸醉金迷。颔联写的是齐武帝为游玩狩猎而劳民伤财。根据记载，南齐君主特别喜欢射雉。东昏侯时，在国内设狩猎场二百九十六处，专门用来射雉，为此还常常驱赶、滥杀百姓。颈联写的是南齐东昏侯与南陈后主耽于诗酒女色，荒废政事。

此诗作于真宗皇帝时代，当时北宋与辽刚签订了停战和约，史称“澶渊之盟”，尽管此次战争是宋军取胜，但和约仍规定宋朝要每年给辽纹银十万两，绢二十万匹。诗人由此兴发感慨，在最后一联中借景抒情、借古讽今，全诗的讽喻意味极其深刻。

拓展阅读

汉武

蓬莱银阙浪漫漫，弱水回风欲到难。
光照竹宫劳夜拜，露𬇙金掌费朝餐。
力通青海求龙种，死讳文成食马肝。
待诏先生齿编贝，那教索米向长安。

◉

这首咏史诗是西昆体的名作。讲述了汉武帝的故事，他虽然文治武功、开疆辟土、雄才大略，但却求仙问道，一心寻找长生不老药。而杨亿生活的时代，真宗皇帝不想着怎么排兵布阵来打败敌人，却相信天降祥瑞就能令四方臣服，于是，道人、方士大受重用，导致朝纲不振、奸臣当道。杨亿便借汉武帝来讽喻宋朝的迷信之事。

· 𬇙（tuán）：多

书怀寄刘五

风波名路壮心残，三径荒凉未得还。
病起东阳衣带缓，愁多骑省鬓毛斑。
五年书命尘西阁，千古移文愧北山。
独忆琼林苦霜霰，清尊岁晏强酡颜。

◉

《书怀寄刘五》用典、借代极多，比如“三径荒凉”借用东晋诗人陶渊明《归去来兮辞》中“三径就荒”一句，指的是离家太久，园子都荒废了；“东阳”指南朝诗人沈约，“骑省”则代指西晋文学家潘岳；“千古移文”引用的是南齐周彦伦归隐北山（今南京紫金山）后又出仕做官，孔稚圭写作《北山移文》一文加以嘲笑的典故。

· 霰（xiàn）：冷水滴冻结而成的白色不透明物体
· 晏（yàn）：晚
· 酡（tuó）：喝酒后脸变红

柳永：我写雅词，更写俗词

◇◇◇◇◇◇◇◇◇◇◇◇◇◇◇◇◇◇◇◇◇◇◇◇◇◇◇◇

柳永（约 987—约 1053）

原名三变，字耆卿，因排行第七，又称柳七，崇安（今福建省武夷山市）人，官至屯田员外郎，所以他又被称为柳屯田。北宋词人。柳永大力创作慢词，即依照慢调填写的长词，改变了唐五代以来小令一统词坛的局面。同时他善用通俗化的语言填词，来表现世俗生活的情调，增加了宋词"俗"的审美内涵，开拓了词的表现领域。如今我们可以在《乐章集》一书中品读柳永存世的作品。

◇◇◇◇◇◇◇◇◇◇◇◇◇◇◇◇◇◇◇◇◇◇◇◇◇◇◇◇

诗人故事

在宋代，"学而优则仕"的观念深入人心，所以当大家评价一个人的时候，常常以他的仕途是否顺畅为标准，按照这个标准，我的人生便是一首失败者之歌。

我第一次参加科举时踌躇满志，当时我还写了一首《长寿乐》，高唱"定然魁甲登高第"，但最终因辞藻浮艳而落第了。我那时并不介意，认为只是"偶失龙头望"罢了。你想啊，那二试、三试才考中的人不在其数，瞧文坛领袖欧阳修，不也是考了三次才考中吗！那时我十分狂妄，直接高喊"忍把浮名，换了浅斟低唱"。没想到，我的狂妄使得皇帝对我十分不满，一句"且填词去"，令我后来多次科考都榜上无名。无奈之下，我只好离开京城，开始了我的漫游人生。

我少年时期也曾漫游江南，醉心于杭州的湖光山色与都市繁华，那时写的《望海潮》一词使我声名远扬，后来我游览了苏州、扬州，度过了一段放浪形骸的日子。但是如今的心境与少年时期已大为不同了。那时的我意气风发，如今的我经过了多次落第，深感身心疲惫。我以填词为生，四处漂泊，流连于烟花巷柳之中，为歌妓填词，与才子对吟。虽然落魄，但也不乏趣味。

我的科举之路不顺，仕途也不顺畅。我虽早有词名，但词作的风格并不讨皇帝喜欢。我也曾想献词颂圣以求升职，但没想到那首进献词，不仅没有博得仁宗皇帝的欢心，反而让他读后有凄清寂寥之感，甚至让他想到了真宗皇帝的挽词。因此他大发雷霆，将我的词作重重扔在了地上。唉，我真是太不幸了。

我擅长写词，所以我将所有的心情都寄托在词作上，落第的失落、登科的兴奋、漫游时的孤单、对城市繁华的赞叹……全部被我封存在一首首词作中。或许我是一个失败者，一个落魄的书生吧，但是今天你们还能唱诵我的词作，这让我多少有了些欣慰。那么就来听听我的"失败者之歌"吧！

望海潮

东南形胜，三吴都会，钱塘自古繁华。烟柳画桥，风帘翠幕，参差十万人家。云树绕堤沙，怒涛卷霜雪，天堑无涯。市列珠玑，户盈罗绮，竞豪奢。

重湖叠巘清嘉，有三秋桂子，十里荷花。羌管弄晴，菱歌泛夜，嬉嬉钓叟莲娃。千骑拥高牙，乘醉听箫鼓，吟赏烟霞。异日图将好景，归去凤池夸。

·玑（jī）：不圆的珠子
·巘（yǎn）：大山上面的小山

知识卡片 柳永笔下的杭州风光

《望海潮》一词主要描写的是杭州的富庶与繁华景象。江吴，又作三吴，《水经注》称吴兴郡、吴郡、会稽郡为“三吴”，钱塘古时属于吴郡。南宋藏书家陈振孙称这首词“承平气象，形容曲尽”，称赞柳永将杭州的太平景象描绘得淋漓尽致。

《鹤林玉露》一书中又记载道，这首词流传甚广，相传金朝皇帝完颜亮偶然听闻这首词后，被词中“有三秋桂子，十里荷花”的景象深深地吸引了，于是加速了他跃马挥鞭征取江南的想法。虽然这一说法并不可靠，但也从侧面反映了柳永此词的流传之广，描绘之佳。

雨霖铃

寒蝉凄切，对长亭晚，
骤雨初歇。都门帐饮
无绪，留恋处，兰舟
催发。执手相看泪眼，
竟无语凝噎。念去去，
千里烟波，暮霭沉沉
楚天阔。

多情自古伤离别，更
那堪，冷落清秋节！
今宵酒醒何处？杨柳
岸，晓风残月。此去
经年，应是良辰好景
虚设。便纵有千种风
情，更与何人说！

知识卡片 和恋人的依依惜别

据典籍记载，《雨霖铃》本是唐代的曲子。安史之乱时唐玄宗逃往四川，在栈道上避雨的他听到了铃声，一瞬间触景生情，想起了马嵬驿兵变中被迫自尽的杨贵妃，于是写成《雨霖铃》，来寄托心中的悲苦。

柳永的《雨霖铃》根据这 唐代旧曲变调而成，是一首惜别之作。其中“今宵酒醒何处？杨柳岸，晓风残月”一句广为流传。清代文学家刘熙载称柳永运用了点染的笔法，“多情自古伤离别，更那堪，冷落清秋节”几句，“点出离别冷落”，“今宵酒醒何处？杨柳岸，晓风残月”几句，将这种离别冷落之情染化开来，由此呈现出一片凄清的意境。

蝶恋花

伫倚危楼风细细，望极春愁，黯黯生天际。
草色烟光残照里，无言谁会凭阑意。

拟把疏狂图一醉，对酒当歌，强乐还无味。
衣带渐宽终不悔，为伊消得人憔悴。

知识卡片 他乡游子的相思之语

宋词流派有婉约派与豪放派之分，柳永因其词作风格细巧艳丽，被推为婉约派的正宗。这首《蝶恋花》便是婉约派的代表作品。《蝶恋花》是一首登高怀人的作品，上阕写景，借用春草来写春愁，下阕抒情，其中“衣带渐宽终不悔，为伊消得人憔悴”二句是千古名句，王国维称其“专作情语而绝妙者……求之古今人词中，曾不多见”，称赞柳永的写情之词为古今一绝。

拓展阅读

定风波

自春来、惨绿愁红，
芳心是事可可。日上
花梢，莺穿柳带，犹
压香衾卧。暖酥消，
腻云亸，终日厌厌倦
梳裹。无那！恨薄情
一去，音书无个。

早知恁么，悔当初、
不把雕鞍锁。向鸡窗，
只与蛮笺象管，拘束
教吟课。镇相随，莫
抛躲，针线闲拈伴伊
坐。和我，免使年少
光阴虚过。

◉

在词中，词人将自己想象成一名思妇，用她的口吻描述了思念情人的满腔心思，这种写法叫作代言体。同时，词人写作多用俚语，浅俗直露，因此流传极广，正反映了"凡有井水饮处，即能歌柳词"之说。

· 亸（duǒ）：下垂

煮海歌

煮海之民何所营？妇无蚕织夫无耕。
衣食之源何寥落，牢盆煮就汝输征。
年年春夏潮盈浦，潮退刮泥成岛屿；
风干日曝盐味加，始灌潮波塯成卤。
卤浓盐淡未得闲，采樵深入无穷山；
豹踪虎迹不敢避，朝阳出去夕阳还。
船载肩擎未遑歇，投入巨灶炎炎热；
晨烧暮烁堆积高，才得波涛变为雪。
自从瀦卤至飞霜，无非假贷充餱粮；
秤入官中充微值，一缗往往十缗偿。
周而复始无休息，官租未了私租逼；
驱妻逐子课工程，虽作人形俱菜色。
煮海之民何苦辛，安得母富子不贫！
本朝一物不失所，愿广皇仁到海滨。
甲兵净洗征输辍，君有余财罢盐铁。
太平相业尔惟盐，化作夏商周时节。

◉

《煮海歌》用议论的笔调反映了盐民的艰辛生活。"煮海之民"，即盐民。《煮海歌》是这类题材的先驱。元代诗人王冕的《伤亭户》、清代诗人吴嘉纪的《风潮行》等诗都反映了诗人对盐民生活的深切关怀。

· 汝（rǔ）：你
· 塯（liù）：盛饭的器具
· 瀦（zhū）：同"潴"，指水停聚的地方
· 餱（hóu）：同"糇"，干粮
· 缗（mín）：成串的钱

范仲淹：我为宋词开辟了崭新的词风

◇◇◇◇◇◇◇◇◇◇◇◇◇◇◇◇◇◇◇◇◇◇◇◇◇◇◇◇◇◇◇

范仲淹（989—1052）

字希文，世称范公堤、范文正公，苏州吴县（今江苏苏州）人。范仲淹是北宋的政治家，他曾于庆历三年（1043年）上书仁宗，提出十项整顿政事的改革主张，史称“庆历新政”，但因保守派反对，未能实现。同时，他还是颇具盛名的文学家，在散文、诗词等方面皆有所成，如散文名篇《岳阳楼记》传诵千古，他在词作中抒发自己的豪情，如《渔家傲·秋思》开豪放词的先河。如今我们可以在《范文正公集》一书中看到他传世的所有作品。

◇◇◇◇◇◇◇◇◇◇◇◇◇◇◇◇◇◇◇◇◇◇◇◇◇◇◇◇◇◇◇

诗人故事

范仲淹这个名字，想必大家都耳熟能详了吧！其实我还有另一个名字，叫朱说，注意哦，“说”字要读成 yuè。很多朋友可能要问这是怎么回事？其实我本来出身于官宦世家，但我刚出生父亲便因病去世了，贫困无依的母亲只好带着我改嫁到了一位朱姓人家中，我也就改姓朱了。懂事之后我得知了自己的家世，十分伤感，便独自一人前往应天府求学，期望有朝一日能金榜题名。功夫不负有心人，寒窗苦读数年之后，我考取了功名，官居九品，才恢复了“范仲淹”这一名字。

我写了许多文章来表达自己对治理国家的见解。我是十分重视文学的政治教化作用的，北宋初期的文坛流行的都是一些浮华的文章，我对此十分不满。我认为，一篇好的文章就应该“文质彬彬”，即形式与内容能够统一。所以我力图改革文坛上那种柔弱萎靡的文风，并尝试通过文风的改革、教化的推行来影响社会的风化。

宝元三年（1040年），西夏领兵进犯北宋，我忧心边境战事，便请命前往延州（今陕西省延安市）。起初，我一边按兵不动，一边训练军队、加强守备的建议并没有被主帅采用，战事失败，我也受到惩罚。最后，朝廷重新采纳了我的主张，使得西夏向我大宋和议称臣。在延州的这段时期，我见识到了与往日不一样的风景，并写出了一首我引以自傲的边塞词《渔家傲·秋思》。

战事稍息，仁宗皇帝便召我回京，任我为参知政事，相当于副宰相官职。我肩上担负着整个国家的重任，日夜忧国忧民。冥思苦索之后，我将自己的观点写成《答手诏条陈十事》一文，提倡政事改革。这一场改革因发生在庆历年间，所以被称为“庆历新政”。可惜的是，改革以失败告终，而我也日渐衰老。虽然心中还是存有一份为国家效劳的热情，但是身体却一再为疾病所折磨，最终还是倒下了。

回顾我的一生，我想可以这样总结：苦读书、举进士；为生民、济天下；秉直言、遭贬谪；戍边防、退西夏；施新政、终失败；人生事、无怨悔！

渔家傲·秋思

塞下秋来风景异，衡阳雁去无留意。四面边声连角起。千嶂里，长烟落日孤城闭。

浊酒一杯家万里，燕然未勒归无计。羌管悠悠霜满地。人不寐，将军白发征夫泪！

知识卡片 **在秋天，戍边的战士们有着怎样的思念？**

《渔家傲·秋思》一词写于范仲淹镇守边关、抗击西夏之时。上阕写景，首先点明了时间与地点，“塞下”指延州所在区域，“秋来”点明了是秋季。“衡阳雁去无留意”借用了传说故事：传说大雁南飞，至衡阳即止，这也是衡山回雁峰名字的由来。下阕抒情，借用典故“燕然勒功”：“燕然”即杭爱山，在今蒙古国境内，汉和帝时窦宪大败北匈奴，曾登上杭爱山刻石记功。范仲淹将创作视野投射于塞外景色、边塞生活，意境苍凉悲壮，与宋初文坛盛行的柔情婉丽词风有很大不同，为宋词开辟了一个崭新的审美境界。

拓展阅读

苏幕遮·怀旧

碧云天，黄叶地，秋色连波，波上寒烟翠。山映斜阳天接水，芳草无情，更在斜阳外。

黯乡魂，追旅思，夜夜除非，好梦留人睡。明月楼高休独倚，酒入愁肠，化作相思泪。

◉

《苏幕遮》一词是诗人在边境指挥战事时写的，是一首抒写羁旅乡思的佳作，对后世文学产生了很大的影响。元曲作家王实甫的《西厢记》中就有一句曲词化用了“碧云天，黄叶地”，改为“碧云天，黄花地”。

江上渔者

江上往来人，但爱鲈鱼美。
君看一叶舟，出没风波里。

◉

《江上渔者》是一首五言绝句。前两句写江上人，后两句写舟中人，通过“往来”“出没”两种动态的描写，对比了吃鱼者（江上人）与捕鱼者（舟中人）的生活。有学者认为，诗人在这种对比中，既表达了对辛勤劳动的捕鱼者的关怀，又在规劝只知道享受美味的江上人。全诗采用了朴素的叙述手法，无议论抒情之言，却意味深长、耐人寻味。

张先：我写的词赋予影子以生命

◇◇◇◇◇◇◇◇◇◇◇◇◇◇◇◇◇◇◇◇◇◇◇◇◇◇◇◇◇◇

张先（990—1078）

字子野，乌程（今浙江湖州）人，北宋词人。张先进士及第，曾任安州知州，安州本名安陆郡，所以张先也被叫作"张安陆"。张先善写诗作文，苏轼称其"诗笔老健"，他同时又是北宋时期的词坛大家，词比诗更有名。他早年写词以篇幅短小的小令为主，晚年则更倾向于依照慢调填词，促进了慢词创作的发展。张先善于描绘物影，其词作中写"影"的共有二十九句，其中"云破月来花弄影""帘压卷花影""堕轻絮无影"三句最有名，所以世人又称他"张三影"。现在存留于世的一百八十四首词作皆收录于《张子野词》中。

诗人故事

如果要形容我的一生，我想悠游散人、富贵闲人之类的词语就很适合。我虽不是出身于官宦世家，也没有成为高官贵族，但这一生也算平稳富足，潇洒浪漫了。也许你们会问了，人生不如意事十之八九，我是怎么做到拥有这样一个看似乐趣十足的人生的？

我想，最重要的是我有一项爱好。一个人如果没有痴迷的事物，那么他的生活一定很无聊。我的爱好便是写诗作词，这一点受到了父亲的影响。他平日里就很喜欢诗歌，无论是在街头巷尾散步，还是在山川河谷游览，兴致一来，便出口成章。我在父亲的教导熏陶下，也渐渐地爱上了诗词歌赋。

其次，若是能有两三个知己好友，与你谈笑往来，也是人生一大幸事。我直到四十岁才考中进士，和我同届的有欧阳修，他比我小十七岁，但我们都爱好写诗作词，互相欣赏，所以并没有什么代沟。晏殊、王安石、宋祁、苏轼都是我的知交。说起宋祁啊，我想到一件有趣的事情，宋祁有一首词叫《玉楼春·春景》，其中的"红杏枝头春意闹"一句十分有名，我也曾写过一首流传甚广的词叫《天仙子》，其中有一句是"云破月来花弄影"。那时宋祁任尚书，我任都官郎中，我们一见面，他就喊我"云破月来花弄影郎中"，而我便喊他"红杏枝头春意闹尚书"，这一打趣儿还成了一段文坛佳话呢！

培养生活的情调也是走向快乐生活的最重要的一步。大家都称我为"张三影"，因为我写诗作词十分擅长描绘物体的影子。你们可能会问，影子有什么好写的？单单是影子，好像确实没有写作的余地，它没有感情，也没有色彩，但是我却能够发挥想象，赋予它感情与色彩，生活的情调就是这样产生的。

我不追求高官厚禄，只喜欢徜徉在山水之中，并且懂得知足常乐的道理，因此烦恼也好，忧虑也好，很快就能被我排解掉。你们喜欢我这样的生活态度吗？

天仙子·水调数声持酒听

时为嘉禾小倅，以病眠，不赴府会。

《水调》数声持酒听，午醉醒来愁未醒。送春春去几时回？临晚镜，伤流景，往事后期空记省。

沙上并禽池上暝，云破月来花弄影。重重帘幕密遮灯，风不定，人初静，明日落红应满径。

知识卡片 看花弄影人伤春

“天仙子”是唐玄宗时期的教坊曲名，后来用作词牌名。《天仙子·水调数声持酒听》一词是张先在嘉禾（今浙江嘉兴）任判官时所作，词牌下的小序点明了写作背景，即张先因生病没有去参加宴会，于是写下这首词。这一小序使我们能更好地理解这首词的情感基调。

这首词分上下两阕，上阕的“临晚镜，伤流景”似是张先对杜牧的诗句“自悲临晓镜，谁与惜流年”（《代吴兴妓春初寄薛军事》）的反用，以“晚”代“早”，既指天色，也隐指晚年。下阕中“云破月来花弄影”一句享誉千古，“破”“弄”两字皆运用了拟人的手法，将天上的云与地上的花影的流动形象地描述了出来。王国维《人间词话》曾赞叹道：“（此词）着一‘弄’字而境界全出矣。”

晏殊：我是北宋时期按谱填词第一人

◇◇◇◇◇◇◇◇◇◇◇◇◇◇◇◇◇◇◇◇◇◇◇◇◇◇◇◇

晏殊（991—1055）

字同叔，抚州临川（今江西抚州）人，是北宋婉约词的代表诗人。晏殊少年早慧，文采斐然，善写小令，有“北宋倚声家初祖”之称。所谓倚声家，即是依照歌曲的声律节奏进行填词的词作家。晏殊与其第七子晏几道被世人称为“大晏”与“小晏”；又因其词作在体制与题材方面与欧阳修的十分相近，故与欧阳修并称为“晏欧”。《东都事略》称其有文集二百四十卷，如今仅《珠玉词》《晏元献遗文》《类要》流传于世。

◇◇◇◇◇◇◇◇◇◇◇◇◇◇◇◇◇◇◇◇◇◇◇◇◇◇◇◇

诗人故事

用你们现在的话说，我就是父母口中的“别人家的孩子”。我叫晏殊，从小就被人称为“神童”，更因此被推荐给了真宗皇帝，并很幸运地得到了直接参加殿试的机会。殿试，就是由皇帝亲自主持、在皇宫内的大殿上举行的考试，那时我还是一个未成年的孩子，但是，尽管考官是威严的皇帝，我仍气定神闲地答完了考卷。皇帝十分欣赏我，直接赐我同进士出身。宋代进士分五甲，第五甲便是同进士出身。

后来仁宗皇帝即位，因其年幼，便由嫡母刘太后垂帘听政。我由于忤逆太后而遭到贬谪，离开京都，来到了应天府（今河南商丘）。在应天府任职期间，我致力于兴办书院和培养人才，所扶持的应天府书院与河南的嵩阳书院、湖南的岳麓书院、江西的白鹿洞书院，并称为宋初四大书院。十年树木、百年树人，这是让我很自豪的一件事。

在工作之余，我常常写诗作词聊以自娱，我写的诗文大多与政治无关，表现的是真切的人生感受。我一生顺畅，自十四岁起走入京都、步入政坛，最后升到和宰相一样重要的官位，为官生涯又恰逢太平盛世，所以世人皆称我为“太平宰相”，我也自嘲一声“富贵闲人”。这使我有足够多的时间来观照自己所处的社会环境，以及自己敏感的心灵世界，尤其喜欢用词作展现我的所感所想。我一生写了一万多篇诗文，只可惜我们那时科技不发达，99% 的诗文都散失了，不过这留存下来的一百多首诗词，也足够让大家了解我了。

如今站在历史的长河里回望我曾经生活过的大宋王朝，它后来的山河破碎让我感觉到，这一声“太平宰相”中包含了太多的幸运，我的一生真可谓受上天福荫的一生。

浣溪沙

一曲新词酒一杯，
去年天气旧亭台。
夕阳西下几时回？

无可奈何花落去，
似曾相识燕归来。
小园香径独徘徊。

知 识 卡 片

当晏殊在散步时，他在想什么？

“浣溪沙”是唐玄宗时期的教坊曲名，后被用作词调。《浣溪沙》一词是晏殊广受颂扬的一首小令。小令是一种词调体式，一般指的是五十八字以内的短词。这首词中“无可奈何花落去，似曾相识燕归来”两句，因其对仗工整、情意悠远而传诵颇广。中国古典诗词大家叶嘉莹曾评价这两句有一种“圆融的观照”，“但他没有直接说出来，说我这里有一种圆融的观照，我体悟了宇宙的永恒无尽的循环，我知道在无常之中也有循环，有‘无可奈何花落去’，也有‘似曾相识燕归来’，他没有真的用哲学的思想说出来，而只说了‘小园香径独徘徊’。这里边有感伤，也有思索；有哀悼，也有觉醒。”

无题

油壁香车不再逢，峡云无迹任西东。
梨花院落溶溶月，柳絮池塘淡淡风。
几日寂寥伤酒后，一番萧索禁烟中。
鱼书欲寄何由达？水远山长处处同。

◉

这首诗又名为《寓意》，是一首朦胧的爱情诗。诗人运用了含蓄的手法，将离别的幽怨隐藏在诗句之中，通过对梨花、柳絮等景物的描绘来寄托诗人缠绵悱恻的“怨”，名为寓意，即指寄托难以明说的情意。

蝶恋花

槛菊愁烟兰泣露，罗幕轻寒，燕子双飞去。
明月不谙离恨苦，斜光到晓穿朱户。

昨夜西风凋碧树，独上高楼，望尽天涯路。
欲寄彩笺兼尺素，山长水阔知何处！

◉

《蝶恋花》，初名《鹊踏枝》，是唐代的教坊曲名，后用作词牌名。其中“昨夜西风凋碧树，独上高楼，望尽天涯路”一句流传甚广，王国维曾用此句来形容成大事者或做学问等需经历的第一境界。

宋祁：我被称为“红杏尚书”

◇◇◇◇◇◇◇◇◇◇◇◇◇◇◇◇◇◇◇◇◇◇◇◇◇

宋祁（998—1061）

字子京，谥号景文，开封雍丘（今河南杞县）人，是北宋时期著名的文学家、史学家，与欧阳修共修断代体史书《新唐书》十余年之久。宋祁与兄长宋庠同举进士，文名共举，当时的人称他们为“二宋”。宋祁又因《玉楼春》词中有“红杏枝头春意闹”一句，被称为“红杏尚书”。他的作品有《宋景文笔记》。

◇◇◇◇◇◇◇◇◇◇◇◇◇◇◇◇◇◇◇◇◇◇◇◇◇

诗人故事

我叫宋祁，大家可能对我有些陌生，我专攻的是史学，但也爱好吟诗作词，因此在文坛上也留下了一些痕迹。

24岁那年，我在一次宴席上写了一首《落花》诗，被当时宴席的主人——安州太守夏竦赞赏，开始在文坛上崭露头角，后来又得到“西昆体”领袖之一刘筠和文坛大家、宰相晏殊等人的赏识和提拔。“西昆体”曾风靡宋初文坛，青年时期的我对“西昆体”可以说是情有独钟。我认为情感是文学之源，文学创作中的艺术手段可以导引诗人的性情，从而发挥文学的审美功能，所以一些优秀的“西昆体”诗歌我是十分欣赏的。

天圣二年（1024年）我考中进士，是那一届的第一名。我哥哥宋庠与我同举进士，获得了第三名的好成绩。但是在那个年代，人们对大小尊卑看得很重，章献太后觉得弟弟不能排在哥哥的前面，于是定哥哥宋庠为头名状元，把我放到了第十名。虽然有这样的变动，我和哥哥还是被一道称为“双状元”。

我精通音律，刚踏入仕途不久便被委任重修乐器、校正音律的重职，这对一个职场新手来说实在是万分荣幸。后来，我还参与了《唐书》的修撰。前人所修撰的《唐书》（即《旧唐书》）有很多缺陷，语言贫乏、思想浅陋，因此仁宗皇帝便命我与欧阳修等人一起再修撰一部有关唐朝的史书。这部史书被后人称为《新唐书》，我主要负责其中人臣列传部分的撰写工作。这部《新唐书》的修撰前后历经十七年，可谓鸿篇巨制，它也是我人生中最重要的一项成就了。

官场上的沉浮使我常年奔波各地，尝尽颠沛流离之苦，工作的繁忙又使我疏于调理身体，我最终病倒了。我常常在想，到底什么才是人生最重要的事情？魏文帝曹丕曾说过：“盖文章经国之大业，不朽之盛事。”我受尽了仕途起起伏伏的折磨，但在此刻，这些突然变得无关紧要。人生最重要的不是经历过什么，而是留下了什么，而我所留下的这些文章正是“经国之大业，不朽之盛事”。这样看来，我这一生便不算白过了。

玉楼春·春景

东城渐觉风光好，縠皱波纹迎客棹。
绿杨烟外晓寒轻，红杏枝头春意闹。

浮生长恨欢娱少，肯爱千金轻一笑。
为君持酒劝斜阳，且向花间留晚照。

·縠皱（húzhòu）：像绉纱的皱纹，这里指水的波纹
·棹（zhào）：船桨

知识卡片 花儿“闹”春，是雅？是俗？

宋祁因《玉楼春·春景》一词得名，甚至因“红杏枝头春意闹”一句而被人雅称为“红杏尚书”。“红杏枝头春意闹”一句多有争议，有人觉得这个“闹”字用得卓绝千古，近代学者王国维便如此评价道：“着一‘闹’字而境界全出。”但也有人觉得这个“闹”字用得太重，清人李渔就曾批评道：“若红杏之在枝头，忽然加一‘闹’字，此语殊难着解。争斗有声之谓闹，桃李争春则有之，红杏闹春，予实未之见也。”李渔认为既然“闹”字可以使用，“吵”“打”“斗”字便都可以用了，但这些字眼特别粗俗，不能应用在诗词中。小读者，你们觉得这个“闹”字用得怎么样呢？

梅尧臣：我是宋诗的“开山祖师”

◇◇◇◇◇◇◇◇◇◇◇◇◇◇◇◇◇◇◇◇◇◇◇◇

梅尧臣（1002—1060）

字圣俞，宣州宣城（今安徽宣城）人，北宋诗人。早期受西昆体诗派影响，后积极参与欧阳修领导的北宋诗文革新运动，主张写作应反映现实人生，被誉为宋诗的“开山祖师”。他与宋代诗人苏舜钦齐名，并称“苏梅”，又与欧阳修并称“欧梅”。现存作品有《宛陵先生文集》等。

◇◇◇◇◇◇◇◇◇◇◇◇◇◇◇◇◇◇◇◇◇◇◇◇

诗人故事

我叫梅尧臣，自小便酷爱读书和写诗作文。不过，爱读书的孩子不一定能成为会考试的人。我在乡试中没有取得好成绩，又因为家境贫寒，无力支持我复读，我不禁对自己的前途感到迷惘。

后来，我跟着叔父来到了河南工作。在因缘巧合之下，我结识了当时已有盛名的诗人钱惟演，我们很快成了忘年交。他可以说是我人生中的贵人，在他的提携下，我又认识了欧阳修，从此揭开了我人生的新篇章。

欧阳修是我的好朋友，我十分认同他追求平易自然、文道统一的古文运动主张，并将这样的理念应用在了诗歌的创作上。在大宋的文坛上，早年流行的是追求辞藻华美、对仗工整的西昆体诗歌。这些诗歌大多思想内容空虚，为咏物而咏物，为颂诗而颂诗。早期我也曾受到过这种诗风的影响，但后来我认为，一首优美的诗歌就应该是诗人真实情感的表露，写诗就应该用最平淡的语言写出最深沉的情感。在这样的理念下，我开始了新的尝试。

起初，我写的多是农村题材的诗歌，如《田家四时》《伤桑》《田家语》等，着重关注农村的生活与农民们的境遇。后来我也尝试在政治国事、山水风景等题材上进行创作，虽然有时候会走极端——为了追求平淡，导致语言过于质朴，缺乏文采，但我对《陶者》《汝坟贫女》《鲁山山行》等诗歌还是比较满意的。

除了写诗，我还写过《唐载》一书，补充纠正了许多旧史的错误之处，因此仁宗皇帝便命我参与了《新唐书》的修撰工作。那时正逢汴京爆发疫病，我也不幸被感染了，最终没来得及呈奏给仁宗皇帝。不过《新唐书》已经修成，我也就不留遗憾了。

鲁山山行

适与野情惬，千山高复低。
好峰随处改，幽径独行迷。
霜落熊升树，林空鹿饮溪。
人家在何许，云外一声鸡。

知识卡片 来欣赏鲁山的美丽秋景吧！

鲁山，又名露山，位于今天的河南省鲁山县。《鲁山山行》记述了诗人在鲁山游玩的经历，将野景、野情（对野景的喜爱之情）生动地描绘了出来。宋末元初诗论家方回曾评价此诗："人家在何许，云外一声鸡"最自然，"好峰随处改，幽径独行迷"则尤为"幽而有味"。

梅尧臣作诗喜好平淡的风格，他曾在《依韵和晏相公》一诗中提到："因吟适情性，稍欲到平淡。"他所提倡的平淡风格体现在其诗歌中，没有华丽不实的语言，也没有浮浅的意境。《鲁山山行》便是梅诗"淡而美"风格的代表作。

拓展阅读

陶者

陶尽门前土，屋上无片瓦；
十指不沾泥，鳞鳞居大厦。

◉

《陶者》是一首五言绝句，诗人采用了对比的手法，前两句写陶者辛苦劳动但住处简陋，后两句写富家贵族不用劳动便养尊处优，两相比照，不加评论，却反映了诗人对这种不公平现象的愤慨。

悼亡三首（其一）

结发为夫妇，于今十七年。
相看犹不足，何况是长捐！
我鬓已多白，此身宁久全？
终当与同穴，未死泪涟涟。

◉

《悼亡》是梅尧臣为悼念亡妻而作的一组诗，本诗是第一首，叙写悲痛之情，感情真挚，清末民国间诗人、诗论家陈衍曾赞叹道：“古诗写夫妇之情而工者尤少……只有圣俞此诗，最真挚、最纯洁，当为千古第一。”

欧阳修：我是宋代古文运动的倡导者

◇◇◇◇◇◇◇◇◇◇◇◇◇◇◇◇◇◇◇◇◇◇◇◇

欧阳修（1007—1072）

字永叔，号醉翁、六一居士，谥号文忠，吉州吉水（今属江西吉安）人。欧阳修是北宋古文运动的领袖，继承和发展了韩愈的古文理论，倡导诗文革新，因此与韩愈、柳宗元、苏洵、曾巩、王安石、苏轼、苏辙合称为“唐宋八大家”。同时，他所创作的诗论专著《六一诗话》采用了“诗话”这一新体裁来写作诗歌理论，后世多有模仿，由此形成了一股写作诗话的风气。他在史学方面也有较高的成就，曾主修《新唐书》，又独撰《新五代史》。有《欧阳文忠公文集》。

◇◇◇◇◇◇◇◇◇◇◇◇◇◇◇◇◇◇◇◇◇◇◇◇

诗人故事

大家好，我叫欧阳修。我姓欧阳，名修，大家千万不要叫我欧先生，要记住哦！

我的父亲在我四岁的时候便去世了，那时我家境贫寒，无钱读书，甚至连纸和笔都买不起，母亲便用芦秆当笔，在沙地上教我读书写字。我十分喜爱读书，除了母亲对我的启蒙之外，大一点儿后我还常常四处搜罗书籍来阅读。有一次，我得到了唐代诗人韩愈的遗稿，初读惊艳，再读玄妙，三读回味无穷，一下子就成了韩愈先生的忠实粉丝。

二十三岁时，我考中了进士，开始为官生涯。刚入官场时，我工作不多，便常常与好友梅尧臣一起吟诗作赋、悠游享乐，我们俩对创作都十分感兴趣。那时的文坛流行辞藻华丽、形式工整的骈文，这些骈文虽然诵读起来优美又朗朗上口，但大多内容空虚、形式僵化。我小时候读韩愈的文集，发现韩愈倡导以“文以明道”为主旨的古文。我也想像韩愈一样掀起一次古文运动，来革新当时被对仗工整、辞藻华丽的骈文所支配的文坛。于是我用大量时间去琢磨古文的创作，希望继续发展韩愈的古文理念。我写下了很多不拘于形式、声韵的散文，其中《醉翁亭记》我自认为较为成熟，你们可以找来读读。

后来我有幸担任科举考试的主考官，我在批阅试卷的时候便以通达平实的文风作为标准。当时有一个文学派别叫“太学体”，以险怪奇涩的文章为特色，正与古文的理念相悖，因此，在改卷时只要看到这类文章，我基本都没有录取。放榜的时候，有些写“太学体”的学生十分不甘心，甚至为此拦住我出行的马车。后来因为我的这一主张得到了仁宗皇帝的支持，大家也意识到了“太学体”的空虚与浮华，开始改变自己的文风。自此以后，整个文坛的文风也渐渐有所变化。

我的仕途起起伏伏，但最后是以太子少师的身份辞任的，也算是画上了一个圆满的句号。我因倡导古文运动，在文坛上名气日盛。虽说名利乃身外之事，但这若能引导后生的文学创作，促进文风的改革，我想也不失为一桩美事。如果要总结我的一生，我想一个“足矣”便可概括我的心情了。

蝶恋花

庭院深深深几许？杨柳堆烟，帘幕无重数。
玉勒雕鞍游冶处，楼高不见章台路。

雨横风狂三月暮，门掩黄昏，无计留春住。
泪眼问花花不语，乱红飞过秋千去。

知识卡片 欧阳修的闺怨词

欧阳修的《蝶恋花》是一首写女子闺怨的词作，既写景，又抒情。上阕的“游冶处”指歌楼妓院，“章台”原为汉长安街名，后指代歌妓聚集之地，指明闺中女子心中惦念之人之所在。

本词最新颖处是首句叠用三个“深”字，对应着后句的“无重数”，将女子的愁怨具体地刻画了出来。宋代词人李清照在其《临江仙》一词的序中说道：“欧阳公作《蝶恋花》，有‘深深深几许’之句，予酷爱之，用其语作‘庭院深深’数阕。”

采桑子

轻舟短棹西湖好，绿水逶迤。芳草长堤，隐隐笙歌处处随。

无风水面琉璃滑，不觉船移。微动涟漪，惊起沙禽掠岸飞。

◉

欧阳修以“采桑子”为题，共作十三首联章体词，此词是这组歌词的第一首，歌咏西湖景物。联章体，即指两首以上相同词牌的词联合组织在一起，歌咏同一事物或同一类事物。这十三首《采桑子》中有十首皆咏西湖之景，构成了歌咏西湖的整体。

· 逶迤（wēiyí）：形容弯弯曲曲延续不断的样子

戏答元珍

春风疑不到天涯，二月山城未见花。
残雪压枝犹有橘，冻雷惊笋欲抽芽。
夜闻归雁生乡思，病入新年感物华。
曾是洛阳花下客，野芳虽晚不须嗟。

◉

这首诗写于诗人被降职为峡州夷陵（今湖北宜昌夷陵区）县令之后。元珍，是欧阳修朋友丁宝臣的字。此诗首联颇佳，欧阳修自己认为，这一联如果没有下句，那么上句也不过如此，正因为有了下句，上句的工巧便立刻显现，可以说这两句是句句有味。

别滁

花光浓烂柳轻明，酌酒花前送我行。
我亦且如常日醉，莫教弦管作离声。

◉

别滁，即告别滁州的意思。欧阳修在宋仁宗庆历五年（1045年）被贬为滁州知州，庆历八年（1048年）改任扬州知州，此诗即是在此时创作的。有学者考证，宋代诗人黄庭坚《夜发分宁寄杜涧叟》诗中的“我自只如当日醉”一句，便是从“我亦且如常日醉”一句化用而来的。

王安石：作为政治家的我有怎样的文学风采？

◇◇◇◇◇◇◇◇◇◇◇◇◇◇◇◇◇◇◇◇◇◇◇◇◇

王安石（1021—1086）

字介甫，号半山，谥号文，世称王荆公、王文公，抚州临川（今江西抚州）人。他是北宋著名的政治家，主张政治改革以谋求富国强兵。这场改革或多或少改变了北宋积贫积弱的局面，史称“王安石变法”。同时，在文学上他也有突出的成就，其散文雄健峭拔，长于议论，是“唐宋八大家”之一。其诗歌风格遒劲清新，自成一家，世称“王荆公体”。如今我们可以在《王文公文集》《临川先生文集》等书中得见王安石的文采。

◇◇◇◇◇◇◇◇◇◇◇◇◇◇◇◇◇◇◇◇◇◇◇◇◇

诗人故事

那个穿着朝服，戴着官帽，从容不迫、气宇轩昂的人，就是我——王安石。

我出生在一个官宦之家，父亲常年在外做官，我便随父亲四处奔走，对民间疾苦有了很深的体会，并将我的所见所闻写下来。后来我随父亲进京，结识了曾巩，他将我的文章推荐给了当时的文坛领袖欧阳修，并得到了欧阳修的赞赏。

我中进士之后便去地方上任职了，我想在地方上多磨炼几年。更重要的是，在地方上工作可以让我深入民间、体察民情。我对当时整个社会积贫积弱的局面非常担心，希望能够找出解决的方法。

“王安石变法”在你们的时代已经被看成重要的历史事件。这场变法发生在神宗年间，但实际上仁宗在位时，我便趁着进京汇报工作的时机，提出了变法的主张，只可惜并没有被仁宗皇帝采纳。神宗皇帝即位后，也有心想要改变大宋王朝所面临的困境，于是任命我为参知政事，相当于副宰相，开始了一系列的政治改革。自古以来，改革就是一件难事，政治的改革难免会触及一大批高官贵族的利益，因此这场改革也遭到了重重阻碍，就连太后也对此大加指责，向神宗皇帝哭诉“安石乱天下”。神宗皇帝在巨大的压力下罢免了我。虽然不久后我又恢复了职位，但那时已很少有人支持变法，新法也难以推行下去了。

晚年被罢相之后，曾经的壮志已无法实现，所以诗歌创作重新进入了我的生活。在某种意义上，这已经成为我的生命。虽然我在变法改革时也常常吟咏诗歌，但那时所作的主要是一些咏史怀古或是表达个人抱负的诗歌。如今退隐的我已不再关注这类题材了，山水风光与隐居生活才是我想写的。

神宗皇帝逝世之后，新法就被彻底废除了。我深感以我一人之力难以撼动这积久成疾的局面，心中悲愤不已。我在病榻上常常会回想起当时那个穿着朝服，戴着官帽，从容不迫、气宇轩昂地上书主张变法的我，那时的壮志豪情与意气风发真是让人怀念啊。

登飞来峰

飞来山上千寻塔，
闻说鸡鸣见日升。
不畏浮云遮望眼，
自缘身在最高层。

知识卡片 王安石如何描写飞来峰之高？

《登飞来峰》是一首七言绝句，写于宋仁宗皇祐二年（1050 年）。当时王安石在浙江鄞县任满回乡时途经杭州，写下此诗，以此抒发自己的壮志和无畏的进取之情。飞来峰，即今浙江省杭州市灵隐寺前的飞来峰，又名灵鹫峰。据传，东晋时期印度的僧人称这座山与天竺国的灵鹫山很相像，云“不知何时飞来”，飞来峰之名由此而得。

此诗首句以“千寻”这一数量词来形容塔的高险，又以“鸡鸣见日升”的典故进行补充说明。《玄中记》曾记载，传说桃都树上有天鸡，只要看到太阳升起、照耀大树时，天鸡就会鸣叫，之后天下所有的鸡便跟着鸣叫。而在这里，诗人写的虽是先听到鸡鸣声，再看到日升，但仍然以典故说明了飞来峰之高。

诗中“浮云遮眼”化用西汉陆贾《新语·慎微》“故邪臣之蔽贤，犹浮云之障日月也”一句，诗人在此诗中也以浮云暗喻奸邪小人。

桂枝香·金陵怀古

登临送目，正故国晚秋，天气初肃。千里澄江似练，翠峰如簇。归帆去棹残阳里，背西风，酒旗斜矗。彩舟云淡，星河鹭起，画图难足。

念往昔，繁华竞逐，叹门外楼头，悲恨相续。千古凭高对此，漫嗟荣辱。六朝旧事随流水，但寒烟衰草凝绿。至今商女，时时犹唱，《后庭》遗曲。

知识卡片

书写南京的诗词，还要数王安石的最好

金陵，即今天的江苏省南京市。南京被称为六朝古都，从三国时期的吴国开始，近四百年间，先后又有东晋、宋国、齐国、梁国、陈国在南京建都，因此南京是一个具有深厚历史积淀的都城。古往今来有众多诗人才子歌咏怀念这里的古迹。《古今词话》一书曾提到，诗人才子们用《桂枝香》这一词牌写下了三十多首追忆南京城的作品，只有王安石的这首可以称为绝唱。词中下阕“门外楼头”指的是南朝陈亡国的故事。当时隋的大将已经带兵攻到陈的城门外，陈后主却仍然和他的宠妃张丽华在楼阁上寻欢作乐。唐代的杜牧曾在《台城曲》中写“门外韩擒虎，楼头张丽华”。“《后庭》遗曲”指的是《玉树后庭花》，相传是陈后主所作，在古诗词中出现时，多有亡国之音的意思，如杜牧《泊秦淮》“商女不知亡国恨，隔江犹唱《后庭花》”。

泊船瓜洲

京口瓜洲一水间，
钟山只隔数重山。
春风又绿江南岸，
明月何时照我还？

知识卡片 乘船游江有感

瓜州，今属江苏省扬州市邗江区；京口，就是今天的江苏省镇江市，瓜州与京口隔长江而望。钟山，指江苏省南京市的紫金山。

《泊船瓜洲》可以说是王安石最有名的诗作之一了，其中“春风又绿江南岸”更是千古名句。这句诗王安石曾几度修改润色，最初的版本是“春风又到江南岸”，后又觉得“到”字不好，改作了“入”字，“入”字又太直白，便又改作了“满”字，细读之后又觉得差几分味道，这样改了三次，最后才选定了“绿”字。

拓展阅读

梅花

墙角数枝梅，凌寒独自开。
遥知不是雪，为有暗香来。

◉

王安石此诗疑化用了《古乐府》中的“庭前一树梅，寒多未觉开。只言花似雪，不悟有香来”一诗。王安石反用其意，将“寒多”改作了“凌寒”，将自己的主观情感带入诗中，又将“花似雪”改作“不是雪”，从而推陈出新。

元日

爆竹声中一岁除，春风送暖入屠苏。
千门万户曈曈日，总把新桃换旧符。

◉

《元日》描写的是新年的热闹气氛。元日，即农历的正月初一，也就是现在的春节。屠苏是用屠苏草浸泡的酒，桃符是指画着神荼、郁垒二神或写有二神的名字，挂在大门上辟邪的桃木板。喝屠苏酒、挂桃符都是旧时新年的风俗。

书湖阴先生壁二首（其一）

茅檐长扫静无苔，花木成畦手自栽。
一水护田将绿绕，两山排闼送青来。

◉

这是王安石题写在杨骥家墙壁上的一首诗。湖阴先生是杨骥的别号，他是诗人闲居南京时的一位邻里好友。诗人选用了“护田”“排闼”两个动词，前者的意思是河流围绕着田地，后者指推开门，诗人采用了拟人的手法写“一水”“两山”，修辞手法使用精巧。

·闼（tà）：宫中的小门

李之仪：我是苏门才俊之一

◇◇◇◇◇◇◇◇◇◇◇◇◇◇◇◇◇◇◇◇◇◇◇◇◇◇

李之仪（约 1035—1117）

字端叔，号姑溪居士，沧州无棣（今属山东）人，北宋文学家。李之仪深受古乐府诗歌及“古诗十九首”的影响，写词力求浅白易懂。同时他与苏轼交好，与苏门弟子多有往来，其诗词创作也常常带有苏轼的风格。《四库全书总目》称其诗词“神锋俊逸，往往具苏轼之一体”。其传世作品有《姑溪居士文集》《姑溪词》等。

◇◇◇◇◇◇◇◇◇◇◇◇◇◇◇◇◇◇◇◇◇◇◇◇◇◇

诗人故事

宋代文学家苏轼的大名，想必大家都听说过吧！而我便是苏轼的门生——李之仪。

我和苏轼的友谊很早便开始了。他比我年长，我视他亦兄亦师。苏轼对人生的态度以及在生活上的情趣在很大程度上影响了我，我的诗词创作也常常带有苏轼词作的俊逸风采，因此自始至终我都以苏轼的门生自称。

我们最初是通过书信往来相知相识的。那时苏轼被贬官到黄州，直到他复官回朝，我们才见面。元祐八年（1093 年），苏轼被贬官到定州。由于苏轼的才气与名声，当时有半朝的文士愿随他前往定州，最后他选择了我同行。在定州，我与苏轼朝夕相处，我们一起出游，把酒言欢，作诗赋文。在定州的日子，可以说是我一生中最难以忘怀的一段时光。

但是好景不长。次年春，苏轼再度被贬，门人宾客四处流散，而我也因追随苏轼而遭到牵连，被逮入狱。那时的我已经年过半百，人生的苍凉之感油然而生。没过多久，我又先后接到了苏轼、秦观等师友亡故的讣闻，心中更是悲痛万分。

我青年进士及第，风光无限，但直至生命的终点都没有做出一番成就。人生的痛苦难以排解，到了晚年便寄托于佛禅之道，因此我那时写的许多诗歌都会运用一些禅语与禅门典故，如《宿汤泉示真师二首》（其二）中“细啜赵州茶”一句，用的便是禅宗中“赵州吃茶去”的典故。我在禅修及诗词的创作中终于得到了些许慰藉。

卜算子

我住长江头，君住长江尾。日日思君不见君，共饮长江水。

此水几时休，此恨何时已。只愿君心似我心，定不负相思意。

知识卡片 一位女子深情的思念

“卜算子”是词牌名，此词牌一般四十四个字，这首却有四十五字，这是因为“定不负相思意”中，“定”为衬字。所谓衬字，也称垫字，是指曲词中在曲律规定的字数之外用来补足语气、增加声情色彩的字。

《卜算子》是一首写男女爱情的词作，语言简洁明白，具有民歌的风味，明末藏书家毛晋盛赞此词为“古乐府俊语”，即是说此词有古乐府诗歌的妙语。陈毅曾作《赠缅甸友人》诗，有“我住江之头，君住江之尾”句，似从《卜算子》一词脱胎而出，后来刘兆江为其作曲，由歌唱家李谷一演唱。

苏轼：我用作诗的手法填词，提高了词的地位

◇◇◇◇◇◇◇◇◇◇◇◇◇◇◇◇◇◇◇◇◇◇◇◇◇

苏轼（1037—1101）

字子瞻，号东坡居士，眉州眉山（今属四川）人，北宋文学家、书画家，著有《东坡七集》《东坡乐府》等。他被人视作宋代文学最高成就的代表，无论是文、诗还是词，还是书法和绘画，都有很高的成就，是唐宋八大家之一。他还独树一帜，用作诗的手法来填词，拓展了词的表现内容，从而破除了诗尊词卑的观念，提高了词的地位。在婉约词风外，他开创了豪放派，推动了词风的转变，其创作风格一直影响到清代词人。

◇◇◇◇◇◇◇◇◇◇◇◇◇◇◇◇◇◇◇◇◇◇◇◇◇

诗人故事

我们苏家一直以诗书传家，父亲、我和弟弟苏辙，还一起闯出了“三苏”的名头。我在科举考试中，得到了当时的主考官、文坛大家欧阳修的欣赏，才名一下子就传开了。

我的仕途挺顺当，可等到宰相王安石推行新法，我却陷入了政治的漩涡。当时朝廷分为支持新法的新党和反对新法的旧党，两派成天吵个不停。我上书阐述新政的不足之处并提出改良建议，却没有被皇帝重视。失望之下，我申请到杭州去做官。杭州很美，我的日子过得也挺悠闲，时不时去游西湖，还写下几十首咏颂西湖风景的诗。后来，我写的一些反映民间疾苦的诗，被新党说成是在诽谤朝廷。我被关进御史台的监狱，受尽牢狱之苦。这件事在历史上被称为乌台诗案，乌台就是御史台的别称。好在很多大臣为我求情，我没被杀头，被贬到黄州做一个小官。为了纾解郁闷，我吃肉时写诗，淋雨时填词，还在城东开辟了一块荒地，自称“东坡居士”。后来反对新法的高太后掌权，我重新被任命为高官。但我觉得新法还是有一定的可取之处，又得罪了旧党。我只好再次申请到地方做官，躲开这些是非。

可是福不是祸，是祸躲不过。几年后，新党重新得势，我再次被贬官。但我苦中作乐，贬到哪儿，就玩到哪儿。所写的诗词，就像驴友和吃货的日记。经历过世事浮沉，哪怕只是写生活中最平常的事物，我也会时不时透露出对人生的思考。最后，我被贬到了海南岛的琼州，住在儋州，隋唐以来只有犯了重罪的官员才会来这蛮荒之地。生活环境虽简陋，我却有了大量时间写书作诗。这段日子，我写的东西不再似年轻时那般激昂，那些描绘生活琐事的文字，倒有了几分陶渊明的隐逸悠然。对随遇而安的人来说，每种生活都有它值得品味的地方吧。

念奴娇·赤壁怀古

大江东去，浪淘尽，千古风流人物。故垒西边，人道是，三国周郎赤壁。乱石穿空，惊涛拍岸，卷起千堆雪。江山如画，一时多少豪杰。

遥想公瑾当年，小乔初嫁了，雄姿英发。羽扇纶巾，谈笑间，樯橹灰飞烟灭。故国神游，多情应笑我，早生华发。人间如梦，一樽还酹江月。

·酹（lèi）：把酒洒在地上来表示祭奠之情

知识卡片

北宋词坛上最引人瞩目的豪放词

苏轼因为乌台诗案被贬到黄州，时常到附近的赤壁矶游玩散心。这个赤壁矶，相传是著名的赤壁之战发生的古战场。三国时东吴孙权、蜀中刘备在这里联手大败曹操，取得以弱胜强、以少胜多的辉煌胜利。指挥这场战役的东吴大都督周瑜，就是第二句“三国周郎赤壁”中的“周郎”。周瑜字公瑾，所以下阕“遥想公瑾当年”中的“公瑾”，说的也是他。后面一句“小乔初嫁了”中的“小乔”是周瑜的妻子，也是三国时著名的美女。“羽扇纶巾”中的“羽扇”是羽毛扇子，“纶巾”是青丝带头巾，这是当时儒将常见的打扮，用以突出周瑜的儒雅风度。“樯橹灰飞烟灭”则是说赤壁之战时周瑜用了火攻之法，烧毁了曹操一方的船只，战胜了对方号称十万艘的船队。整首词就是苏轼在缅怀年少得志的英才周瑜，感慨自身。全词气象磅礴，境界高宏，被视为苏轼词作中体现英雄气概的代表作。

水调歌头

丙辰中秋，欢饮达旦，大醉，作此篇，兼怀子由。

明月几时有？把酒问青天。不知天上宫阙，
今夕是何年。我欲乘风归去，又恐琼楼玉宇，
高处不胜寒。起舞弄清影，何似在人间！

转朱阁，低绮户，照无眠。不应有恨，何事
长向别时圆？人有悲欢离合，月有阴晴圆缺，
此事古难全。但愿人长久，千里共婵娟。

知识卡片 历代中秋词中的绝唱

这首《水调歌头》构思独特，富有浪漫色彩又饱含哲理，是苏轼的代表作之一。“子由”是苏轼弟弟苏辙的字，兄弟俩感情非常好，但是苏轼因为反对新法不断遭贬，两人已经很久未见，中秋佳节也只能遥遥思念。

上阕开篇提问“明月几时有”，秉承战国时屈原《天问》和唐代李白《把酒问月》的诗意。之后“天上宫阙”“琼楼玉宇”都是指月亮上的广寒宫。魏晋时，有一种以描写仙境来寄托作者思想感情的诗，叫游仙诗。这首词对神话传说推陈出新，可以说是对游仙诗的发展，寥寥数语就将“入世”与“出世”之间的矛盾纠结写出来了。古人讲究人月两团圆，但苏东坡非常理性地认为，人的聚散和月的圆缺是非常自然的事，不能强求，也不必感伤。然后，他化用了南朝宋人谢庄的诗句“隔千里兮共明月”，表示大家只要健健康康，相隔千里也能共赏明月，就非常棒了。这种豁达乐观的人生态度和至高的思想境界，使“但愿人长久，千里共婵娟”成为千古流传的名句。

定风波

三月七日，沙湖道中遇雨。雨具先去，同行皆狼狈，余独不觉。已而遂晴，故作此。

莫听穿林打叶声，何妨吟啸且徐行。竹杖芒鞋轻胜马，谁怕？一蓑烟雨任平生。

料峭春风吹酒醒，微冷，山头斜照却相迎。回首向来萧瑟处，归去，也无风雨也无晴。

知识卡片

苏轼如何面对人生中的风雨？

写这首《定风波》的时候，苏轼已经因为乌台诗案被贬到黄州三年了。他在黄州东南方向三十里外的沙湖买了块田地，有时候会去看看。这首词就是写他在往返于沙湖途中遇雨的经历。

“竹杖芒鞋轻胜马”中的“芒鞋”就是草鞋，竹子做的手杖和草编的鞋都是闲人平民所用，骑马却是忙碌的官员的专属，对比出“无官一身轻”。“一蓑烟雨任平生”中的“蓑”是蓑衣，它是古代一种草或者棕毛制成的披在身上的雨具，文人们喜欢用蓑衣这个意象来代指隐居生活。苏轼就特别喜欢唐代诗人张志和《渔父》中的那句“青箬笠，绿蓑衣，斜风细雨不须归”。下阕中的“归去”，则是从晋代陶渊明这位文人隐士代表的“归去来兮”中借鉴而来，自带隐逸山林之感。两相对照，体现出苏轼不以仕途风雨为痛苦的超脱态度，以及不因为外界事物变化而扰乱自己心境的人生哲学。

题西林壁

横看成岭侧成峰，
远近高低各不同。
不识庐山真面目，
只缘身在此山中。

知 识 卡 片

苏学士作文：记一次有意义的庐山行

苏轼先被贬官到黄州，后来又迁到汝州，在前往汝州的途中经过九江，约上弟弟苏辙一起游览了风景名胜庐山。庐山风景美不胜收，但是苏轼自称懒得作诗，只选特别值得记叙的景点写了七首诗。直到游遍庐山后，来到西林寺，才又写下了这首《题西林壁》。

西林寺又叫乾明寺，坐落在庐山七岭的西边。庐山七岭的地势很奇妙，从别的角度看是一个个单独的山岭，但在西林寺这个角度看过去，七岭则汇聚成一座山峰。这就是前两句“横看成岭侧成峰，远近高低各不同”的来历。因为这是游览的最后一站，所以这首诗带有对庐山全貌总结性评价的意味。写完这首诗之后，连苏轼自己都说，我对庐山要说的话，已经说完了。而他的这番思考总结，使这首山水诗充满了哲理性，成为广泛传诵的名篇。

饮湖上初晴后雨二首（其二）

水光潋滟晴方好，山色空蒙雨亦奇。
欲把西湖比西子，淡妆浓抹总相宜。

·潋滟（liànyàn）：水波荡漾的样子

知 识 卡 片

前无古人后无来者的咏西湖名篇

苏轼曾在杭州当了三年通判，写了大量咏颂西湖风光的诗。

“山色空蒙雨亦奇”的“空蒙”则指广阔而看不清楚。“西子”就是西施，是我国古代四大美女之一。诗中把“西湖”和“西子”两个“西”字开头但完全不搭界的事物联系在一起，以淡妆浓抹比喻西湖晴雨时不同的风貌，巧妙地写出了西湖美的神韵。这个精妙的比喻深得人们赞赏，之后人们就把西子湖当作了西湖的别称。苏轼自己也很得意这个比喻，之后又在多首诗中用过，比如“西湖真西子，烟树点眉目”“只有西湖似西子，故应宛转为君容”。后世诗人甚至认为这个比喻无法超越，“除却淡妆浓抹句，更将何语比西湖”。清代学者王文诰在编注苏轼文集的时候，也因此把这首诗称为“前无古人，后无来者”的“名篇”。

和子由渑池怀旧

人生到处知何似？应似飞鸿踏雪泥。
泥上偶然留指爪，鸿飞那复计东西？
老僧已死成新塔，坏壁无由见旧题。
往日崎岖还记否？路长人困蹇驴嘶。

·渑（miǎn）池：地名，在今天河南省
·蹇（jiǎn）：瘸腿

知识卡片 你知道雪泥鸿爪这个成语是怎么来的吗？

渑池是今天河南的渑池县。苏轼曾经和弟弟苏辙一起在渑池的寺庙投宿，还在僧人奉闲的僧房墙上题诗。有一年，苏轼到陕西去做官，苏辙想到哥哥会经过渑池，对人生的际遇生出感触，写了一首《怀渑池寄子瞻兄》给哥哥，抒发自己的怀旧与思念之情。苏轼按照原诗的韵脚，和了这首诗给弟弟，表示过往“应似飞鸿踏雪泥”，即鸟不会在乎自己踩在雪泥上的脚印，而且痕迹很快会消失，人也不必把往事挂在心头。成语“雪泥鸿爪”就是由这句诗而来。

苏辙在诗中提到当初僧房题诗的往事，于是苏轼回应说“老僧已死成新塔，坏壁无由见旧题”。僧人过世后不是如传统习俗那样入土为安，而是烧成骨灰，放入专门的塔中保存。整首诗都是在劝苏辙不要感伤，并在最后一联回忆过去的苦难，激励弟弟珍惜用努力换来的现在。

拓展阅读

赠刘景文

荷尽已无擎雨盖，菊残犹有傲霜枝。
一年好景君须记，最是橙黄橘绿时。

◉

这是苏轼在杭州时写给好友刘季孙（字景文）的一首诗，歌咏了秋末冬初的景致。成语“南橘北枳”说的是南方好吃的橘移栽到北方就变成难吃的枳，战国时的诗人屈原认为这是一种对故土专一坚贞的表现，还写了首《橘颂》来赞美橘。唐代诗人张九龄也认为橘树在冬天还是绿色，气节可以和松柏比美。难怪苏轼认为“橘绿”是很值得称赞的好景。

惠崇春江晚景二首（其一）

竹外桃花三两枝，春江水暖鸭先知。
蒌蒿满地芦芽短，正是河豚欲上时。

◉

惠崇是北宋时的一位很有才华的僧人，能诗善画，名列宋初“九诗僧”之一。他特别擅长绘制鹅、雁、鹭鸶之类的水鸟在河上游动的水乡风物，人称“惠崇小景”。苏轼这首诗，就是见到惠崇画作后所写的题画诗。

六月二十七日望湖楼醉书五绝（其一）

黑云翻墨未遮山，白雨跳珠乱入船。
卷地风来忽吹散，望湖楼下水如天。

◉

苏轼乘船游西湖，到望湖楼的时候天降暴雨。不久乌云被吹散，湖光山色并没有因为刚才的黑云白雨而失色，放眼楼外，水天一色。这也是苏轼被贬到杭州，但依旧保持自己豁达的心境，不为自己仕途坎坷而沮丧的写照。

浣溪沙

游蕲水清泉寺，寺临兰溪，溪水西流。

山下兰芽短浸溪，松间沙路净无泥，潇潇暮雨子规啼。

谁道人生无再少？门前流水尚能西，休将白发唱黄鸡。

◉

唐代诗人白居易曾写过“黄鸡催晓丑时鸣”，表示时间在黄鸡一天天的报晓中流逝。白发则代指老年。白发黄鸡用来感慨光阴易逝人易老。但苏轼却乐观地认为水都能西流，人也未必不能重新焕发出少年时的青春活力，又何必自怜自哀呢？

卜算子·黄州定慧院寓居作

缺月挂疏桐，漏断人初静。谁见幽人独往来，缥缈孤鸿影。

惊起却回头，有恨无人省。拣尽寒枝不肯栖，寂寞沙洲冷。

◉

这首词是苏轼被贬黄州时所写。“漏”指漏壶，是古代一种计时器，用壶中滴水来计算时间。随着时间推移，壶中的水越来越少，滴水像断了一样，所以“漏断”指夜深。整首词讲的就是苏轼心中郁闷，夜深了依旧难以入睡，在院中独自徘徊。

江城子·密州出猎

老夫聊发少年狂，左牵黄，右擎苍，锦帽貂裘，千骑卷平冈。
为报倾城随太守，亲射虎，看孙郎。

酒酣胸胆尚开张，鬓微霜，又何妨。持节云中，何日遣冯唐？
会挽雕弓如满月，西北望，射天狼。

◉

据《三国志》记载，孙权喜欢打猎，曾亲自射杀老虎。这里所说的“孙郎”就是孙权。汉文帝曾叫冯唐去赦免因罪削职的魏尚，叫他仍做云中太守，抗击匈奴。苏轼不但自比为豪迈凶猛的孙权，还希望朝廷对自己委以重任，抗击外族敌人，也就是辽和西夏。

江城子·乙卯正月二十日夜记梦

十年生死两茫茫。不思量，自难忘。千里孤坟，无处话凄凉。
纵使相逢应不识，尘满面，鬓如霜。

夜来幽梦忽还乡，小轩窗，正梳妆。相顾无言，惟有泪千行。
料得年年肠断处：明月夜，短松冈。

◉

苏轼十九岁时娶了十六岁的王弗为妻。王弗贤惠聪明，知书达理，两人十分恩爱。然而红颜薄命，王弗二十七岁时就过世了，痛失爱侣的苏轼悲痛不已。哪怕在十年后，梦到早逝的爱妻依旧悲痛不已，醒来写下了这首著名的悼亡词。

新城道中二首（其一）

东风知我欲山行，吹断檐间积雨声。
岭上晴云披絮帽，树头初日挂铜钲。
野桃含笑竹篱短，溪柳自摇沙水清。
西崦人家应最乐，煮葵烧笋饷春耕。

◉

新城是现在的浙江新登镇，北宋时是杭州的属县。苏轼在杭州做官，巡视属县是他的工作之一，这首诗写的是他去新城时路上所见的景色。“钲”是一种古代乐器，有两种形制，一种似钟或铃，有柄，另一种似锣，圆形。此处指的是第二种。铜的质地让钲非常闪亮，被用来形容初升的太阳。

· 钲（zhēng）：古代的一种乐器
· 崦（yān）：山

晏几道：我写了本哀婉缠绵的《小山词》

◇◇◇◇◇◇◇◇◇◇◇◇◇◇◇◇◇◇◇◇◇

晏几道（1038—约 1110）

字叔原，号小山，抚州临川（今江西抚州）人，与他父亲晏殊都是北宋著名的词人，合称“二晏”。晏殊的词风受花间词派影响很深，晏几道在父亲的基础上，继续将词的婉约哀怨之美发扬光大，其作品收入《小山词》中。晏几道擅长写爱情生活的悲欢离合，细腻的笔触和奇妙的构思，总能让人感到这些词说出了自己心中最细微和最复杂的感受。他善于用平淡的语言表现不同寻常的深情，升华了词作的艺术境界。这使他在当时最流行的柳永和苏轼的风格之外自成一派，成为北宋后期词坛一道独特的风景线。后世认为他的成就直追花间词，甚至更为优秀。

◇◇◇◇◇◇◇◇◇◇◇◇◇◇◇◇◇◇◇◇◇

诗人故事

如果你遇见晚年的我，肯定难以想象，这个落魄寒酸还带着几分傲气的老头儿，就是当年的宰相公子晏几道。

我也没想过自己的一生会是这样。我父亲晏殊是当朝宰相，而我自己，在十五六岁时就受到仁宗皇帝的赏识，是大名鼎鼎的小才子。父亲去世后，仁宗皇帝念及和我父亲的君臣情谊，对我家厚待有加，我依旧可以过我诗酒风流的豪门贵公子生活，用最明丽的词语，去描绘身边那些可爱多才的侍女歌姬。

一切都是会改变的。也许是从仁宗过世，和晏家毫无旧情可言的神宗登基开始？又或者，是因为家人卷入了因王安石变法而引起的新旧党争？总之，晏家的声势不复从前，我也尝到了世态炎凉的滋味，那些耳闻目睹的官场倾轧更让我心生厌倦。

没想到，更大的打击等着我。我有个朋友叫郑侠，他向朝廷上书要求废除新法，结果被支持变法的神宗治罪，我也因为和郑侠交好而被牵连入狱。后来神宗又把我放了出来，但经历过从高门公子到阶下囚的转变的我，不免感觉到人生的荒谬。于是我越发远离官场，只在酒筵歌席间填我的词，在词中追寻往昔的美好时光，仿佛红颜知己们还在身边一样。这样坐吃山空，日子一日不如一日。有人说我父亲旧识门生满天下，为什么不去走走门路，谋个好前程呢？可我真的不喜欢交际，连名动天下的苏轼看了我的词，托我的朋友黄庭坚约见我，我都拒绝了，更何况要我去趋炎附势地求富贵，这就更不可能了。还有人笑我，都穷成这样了，还买那么多书，一副读书人的清高模样。是啊，我的书多得连妻子都抱怨了。可不管是书，还是我的坚持，都是我所珍爱的。

临江仙

梦后楼台高锁，酒醒帘幕低垂。去年春恨却来时。
落花人独立，微雨燕双飞。

记得小蘋初见，两重心字罗衣。琵琶弦上说相思。
当时明月在，曾照彩云归。

知识卡片 宰相公子又一次在酒后感怀身世

跋是指写在书籍、文章等后面的短文。晏几道在《小山词》的跋中提过，好友家有莲、鸿、蘋、云四位歌女，个个秀外慧中，经常在席间唱晏几道和朋友们所填的词，那时晏几道还是豪门贵公子，过着无忧无虑的生活。落魄后，追忆往昔的欢乐时光、感慨世事变幻身世浮沉，就成了晏几道作品中最常见的主题，所以他的词中常常出现这些歌女的身影。

这首《临江仙》上阕写了晏几道酒醒后的凄清景色，下阕就触景生情，回忆了和小蘋初次见面的场景。宋代女性的罗衫上经常有类似小篆"心"字的花纹，所以叫"两重心字罗衣"。"两重心字"也暗示两人心心相印，有过一段美好的恋情。然而最后一句"曾照彩云归"的"彩云"，援引了唐代白居易的"大都好物不坚牢，彩云易散琉璃脆"之意，暗示小蘋美丽而薄命，和晏几道的恋情并无结果。整首词情真意切，缠绵沉着，清代词学专著《白雨斋词话》甚至称它"当时更无敌手"。

少年游

离多最是，东西流水，终解两相逢。
浅情终似，行云无定，犹到梦魂中。

可怜人意，薄于云水，佳会更难重。
细想从来，断肠多处，不与者番同。

◉

汉代乐府诗《白头吟》中，把离心的两人比作往东、西两个相反方向流去的水，这里却反其意，写它们终归会相逢。“行云”用巫山神女化身为山间云雨和楚襄王相会的典故，表示即使如云般飘散无定，也能在梦中相见。“流水”“行云”原本都用来表示情意浅薄，都是无情之物，此处却说连它们都算有情的了。而现实中，人还不如这水和云，更显得人情难堪，实在令人伤感。

思远人

红叶黄花秋意晚，千里念行客。飞云过尽，归鸿无信，何处寄书得？

泪弹不尽当窗滴。就砚旋研墨。渐写到别来，此情深处，红笺为无色。

◉

“红叶”是红色的枫叶，“黄花”就是菊花，对照“秋意”，“晚”字暗示离别已久。下阕前两句以泪水研墨，取唐代诗人孟郊《归信吟》中“泪墨洒为书”之意。由于泪水太多，滴到写信的红笺上以至于颜色褪尽，可见思念之浓。

黄庭坚：我开创了山谷体

◇◇◇◇◇◇◇◇◇◇◇◇◇◇◇◇◇◇◇◇◇◇◇◇

黄庭坚（1045—1105）

字鲁直，号涪翁，又号山谷道人，洪州分宁（今江西修水）人，北宋著名诗人、书法家，江西诗派的开创者，著有诗集《山谷集》。黄庭坚是苏轼的好朋友，也被人视作“苏门四学士”之一，在诗歌创作上，他和苏轼并称“苏黄”。他吟咏的大多是文人日常生活中的种种事物，将浓厚的文人气、书卷气和生活气融为一体，表达内心的情感。他还向唐代诗人杜甫学习，讲求格律形式和典故的使用，希望能做到写的诗字字有来历，并在修辞手法和音律使用上求新求变，最终形成风格“生新瘦硬”的“黄庭坚体”。这种风格又称“山谷体”，是宋代诗歌艺术特征的典型代表。

◇◇◇◇◇◇◇◇◇◇◇◇◇◇◇◇◇◇◇◇◇◇◇◇

诗人故事

我所在的时代是宋代文坛的黄金时期，精英荟萃，群星闪烁。其中最亮的一颗就是东坡居士苏轼。他的旁边，还有不少一闪一闪的小星星，其中一颗就是我黄庭坚。

考中进士后，我当了官。后来，我给当时已经名满天下的苏轼写信表达仰慕之情，并附上自己的诗。他看后回信，对我的诗赞不绝口，从此我有了一辈子的好朋友。在作诗上，我有一番和苏轼较量的自信。不过在其他方面，我自认没有他的风骨。他的诗风旷达豪迈，经常以诗议论时事，也因此得罪了不少人；而我呢，不太习惯这么直白地表达自己的看法，尤其是后来一些事，更让我谨慎起来。

神宗年间，因为变法的事，大臣们斗得厉害。我虽没怎么掺和新旧党之争，但因为和苏轼来往密切，也被视作旧党。等到新党掌权，旧党就倒了大霉，我也跟着苏轼被一贬再贬，从京中的重要岗位，被越贬越偏远。身处逆境，自当谨言慎行，免得惹来更多的麻烦。何况后来，新党从苏轼的诗里找了些句子，污蔑他讥讽朝政，苏轼差点因此丧命。我在庆幸他最终逃过一劫的同时，也暗暗心惊，除了指点上门请教的学子，就是吟咏自己的书斋生活，别的什么都不敢多说。

我写诗总是求新求变，在写诗的手法上狠下功夫，比如引用典故啊，精炼词句啊，用偏门的韵脚，写那种打破固定格律的拗体诗。没想到这样一来，倒让我闯出一条路子，很多人开始模仿我这种写法，后来还形成了江西诗派。苏轼对我写的诗很认可，甚至在向别人推荐我的时候称赞我的文章“瑰伟之文，妙绝当世”，真是让人又惭愧又高兴。不过有这样的成就，我就可以自豪地说自己是大名鼎鼎的苏轼的朋友了。能够作为一颗小星星站在他的身边，也是一件很幸福的事，不是吗？

清平乐

春归何处？寂寞无行路。若有人
知春去处，唤取归来同住。

春无踪迹谁知？除非问取黄鹂。
百啭无人能解，因风飞过蔷薇。

知识卡片 藏在惜春词里的科普知识

这首《清平乐》虽然和宋代欧阳修的“泪眼问花花不语，乱红飞过秋千去”在意境上稍有重复，但把春天拟人化的新颖写法，曲折跌宕的寻春故事，却使它成为黄庭坚词作中毫无争议的好评之作。不过作者虽然执着于寻觅春的踪影，却注定失望。你看下阕中“除非问取黄鹂”一句。黄鹂又称黄莺，是一种随着季节变化而定时迁徙居住地的候鸟，春天从印度、斯里兰卡等地方飞往中国，但在中国境内活动的时间主要是夏天。再看最后一句“因风飞过蔷薇”，“蔷薇”是夏季开花的植物。看见了黄鹂，还不一定完全是夏天，但又看见了蔷薇，作者才醒悟真的进入了夏天，春天已经彻底地离开了。

寄黄几复

我居北海君南海，寄雁传书谢不能。
桃李春风一杯酒，江湖夜雨十年灯。
持家但有四立壁，治病不蕲三折肱。
想见读书头已白，隔溪猿哭瘴溪藤。

·蕲（qí）：药草

知识卡片 我要为怀才不遇的朋友鸣不平

黄几复是黄庭坚的好友。《左传》记载，楚成王曾说北海与南海是风马牛不相及的两个地方，首句“我居北海君南海”就是黄庭坚用南海北海来表示与朋友相隔遥远。接着“寄雁传书谢不能”继续突出相距之远，超过了大雁能传信的距离。相传大雁南飞，到衡阳止。第二联中“江湖夜雨十年灯”的“夜雨”，出自李商隐《夜雨寄北》中的“君问归期未有期，巴山夜雨涨秋池”，渲染别离思念之情。“持家但有四立壁”以司马相如“家居徒四壁立”的典故夸奖黄几复清正廉洁，身无长物。接着“治病不蕲三折肱”中的“三折肱”用《左传》典故，即一个人三次跌断胳膊，累积了治疗和护理的经验，就能成为良医，而《国语·晋语》中有治国和治病道理相通的说法。这里实际上是说黄几复不需要跌断胳膊就能成为良医，是个治国之才，可惜怀才不遇，让黄庭坚为朋友叹息不已。

登快阁

痴儿了却公家事，
快阁东西倚晚晴。
落木千山天远大，
澄江一道月分明。
朱弦已为佳人绝，
青眼聊因美酒横。
万里归船弄长笛，
此心吾与白鸥盟。

知识卡片

黄庭坚如何度过下班后的逍遥时光

快阁是太和县澄江边的一处建筑，黄庭坚曾在太和县做官，空闲时就到这里观景。《晋书》中记载，大臣杨济认为，官事难办，一心把官事办好的人是“痴儿”。但第一句“痴儿了却公家事”中，黄庭坚称自己是要把公事做好的痴儿，而且如今已经做完，所以能登快阁放松了，有一种自得之意。

第三联“朱弦已为佳人绝”中的“朱弦”代指琴，“佳人”代指知己，这句用的是伯牙摔琴的典故。伯牙和钟子期是知音，钟子期死后，伯牙摔琴表示终身不再弹琴；“青眼聊因美酒横”则用阮籍的典故。据《晋书》记载，阮籍对喜欢的人就用青眼看待，也就是正眼看人，我们平常看人时就是这个样子，但对不喜欢的人，他就翻白眼表示轻蔑。这两句是黄庭坚叹息自己的心事无人可知，只能靠美酒遣怀自娱。全诗流畅豪放，用语新奇，深得历代文人赞赏，快阁也因此成为天下闻名的景点。

拓展阅读

雨中登岳阳楼望君山二首（其一）

投荒万死鬓毛斑，生出瞿塘滟滪关。
未到江南先一笑，岳阳楼上对君山。

◉

黄庭坚因为反对王安石变法被贬到四川，后来宋徽宗上台，黄庭坚被赦免，于是返回江西老家。路上经过的瞿塘峡、滟滪堆都是长江水路中出名的危险地带，而自己都一一顺利渡过，就像是往日的磨难被自己抛在身后，心情更为愉快。

·滟滪（yànyù）：即滟滪堆

雨中登岳阳楼望君山二首（其二）

满川风雨独凭栏，绾结湘娥十二鬟。
可惜不当湖水面，银山堆里看青山。

◉

“湘娥”就是传说中的湘夫人，《楚辞》中说这位女神住在洞庭湖边的君山，那山的形状看着像她的十二个发髻。这风景很美，但诗人依旧遗憾水势不大，不能看到八百里洞庭湖波涛浩荡时，白浪像银山一样拥簇着君山的样子。

·鬟（huán）：女性的环形发髻

秦观：我情韵兼备，有柳永苏轼两家之长

◇◇◇◇◇◇◇◇◇◇◇◇◇◇◇◇◇◇◇◇◇◇◇◇◇

秦观（1049—1100）

字少游，又字太虚，号淮海居士，高邮（今属江苏）人。因为在弟兄中排行第七，又被称为秦七。他是北宋时的著名词人，作品收入《淮海集》和《淮海居士长短句》中。秦观是苏轼最得意的门生之一，与黄庭坚、晁补之、张耒合称为"苏门四学士"。他以擅长填词著称，词作清丽淡雅，经常借男女之情来抒发内心的感伤，既有柳永词那样凄婉感人的韵味，又有苏轼词的高雅格调，集两家之长，达到了情韵兼胜的独特境界。其婉约绮丽的风格，对后来的婉约词代表人物李清照和周邦彦都有深远影响。

◇◇◇◇◇◇◇◇◇◇◇◇◇◇◇◇◇◇◇◇◇◇◇◇◇

诗人故事

你有没有想过，当未来的人谈起你时，他们会怎么说呢？我以为自己会成为将军秦观或者游侠秦观，没想到最后人们记得的，是填词的秦观。

年轻时我爱读兵书，希望能征战沙场，保家卫国，这是属于七尺男儿的辉煌。后来我参加科举，但屡战屡败，始终得不到一个踏上仕途的机会。直到三十七岁那年，在苏轼的鼓励下，我又考了一次，这才考取了进士，做了官。后来也是靠着苏轼的举荐，我有了升职的机会，参与到国事中。我可激动了，心中的志向像一团火一样烧了半辈子，现在终于有了实现的机会。于是我一连写了三十篇策论，畅谈治国构想，尤其是在军事、边防方面，对当时内忧外患的大宋提了很多建议。但这些策论献得不是时候，在策论里面谈对王安石变法的意见更不是时候。虽然我写的都是客观的评论，可当时党争激烈，加上我又和苏轼来往密切，于是被新党视为眼中钉，想方设法对我造谣中伤，我被贬到杭州为官，后来还有人继续捏造罪名，把我一贬再贬。

在各地迁徙的日子里，我写了很多诗词，借男女之间的悲欢离合，抒发感伤和烦闷。有时，我还会到寺庙中抄抄佛经，和僧人谈谈禅，希望佛学能让我心头平静。苏轼也被贬官，但他素来开朗洒脱，不但自己苦中作乐，还写信开解我。我呢，始终意气消沉，想起官场倾轧的黑暗和我那些破碎的理想，就有一种说不出的悲痛。五十二岁时，我甚至给自己写了一首悼念死者的《挽词》，自己哀悼自己。

世事反复，没想到不久后旧党又得势了，我接到了回京升官的调令。我高高兴兴地上了路，路过光华亭的时候还填了一首词。我倒了一辈子的霉，也该有一次好运了吧？

鹊桥仙

纤云弄巧，飞星传恨，银汉迢迢暗度。
金风玉露一相逢，便胜却人间无数。

柔情似水，佳期如梦，忍顾鹊桥归路。
两情若是久长时，又岂在朝朝暮暮。

知识卡片 这首七夕词，有与众不同的感情观

相传天帝的孙女织女善于织造云锦，后来和牵牛星下凡化身的牛郎相爱成婚。天帝反对他们在一起，命令织女返回天上，和牛郎隔着银河不能见面。只有在每年农历七月七日的夜里，他们才能通过乌鹊搭建的鹊桥相会一次。这个浪漫的神话吸引了古今无数文人，成为被反复咏颂的爱情主题，这首《鹊桥仙》写的也是这个传说。

“银汉迢迢暗度”的“银汉”就是阻隔牛郎织女的银河。“金风玉露一相逢”取意于唐代李商隐写七夕的诗《辛未七夕》中“由来碧落银河畔，可要金风玉露时”。最后“两情若是久长时，又岂在朝朝暮暮”一改婉约词“多情自古伤离别”（柳永《雨霖铃》）的观点，和“金风玉露一相逢，便胜却人间无数”一样，表达了一种重质不重量的爱情观，远超同类作品。这四句词，也因此成为流传千古的名句。

贺铸：我以多种技法写词，别有风味

◇◇◇◇◇◇◇◇◇◇◇◇◇◇◇◇◇◇◇◇◇

贺铸（1052—1125）

字方回，号庆湖遗老，卫州（今河南卫辉）人，是北宋著名词人，著有词集《东山词》和诗集《庆湖遗老集》。贺铸侠骨柔肠，作品风格多变，既有和苏轼一样豪迈旷达的词作，是豪放词的先驱，也有和柳永一样婉约细腻、描写闺阁情思的作品，承袭晚唐五代花间词之风，影响了后期南宋一大批词人。苏门四学士之一的张耒曾称赞其刚柔相济，是以健笔写柔情的典型。贺铸喜欢用旧谱填新词，然后把谱改一个名字，称之为寓声，同时把前代诗人好的词语、意象以及佳句化用在词中，这些独特的写作技巧让他的作品别有一番风味。

◇◇◇◇◇◇◇◇◇◇◇◇◇◇◇◇◇◇◇◇◇

诗人故事

我叫贺铸，是唐代大诗人贺知章的后裔，他擅长草书，也许正是因为这个，我的相貌也很“草书”——脸色较黑，眉毛头发都支棱着，整体形象比较潦草。于是我打小就有个外号，叫作“贺鬼头”。

我的性格也很“草书”，心直口快，喜欢像游侠一样走马猎鹰，高谈阔论，喝起酒来更像鲸鱼吸水一样，那声势很有点惊人。我的好朋友米芾，也是一条魁梧的大汉。我们只要一见面，就会畅谈天下大事，有时候争辩起来，还会双目圆睁，拍掌击拳，场面极其激烈。这样的豪情，自然是想要挥洒在战场上。可惜运气不好，我一直都只能做些小官，成天蹉跎光阴。其实我做事是很靠谱的，博览群书，过目不忘，校对过的文章，没有一个字出错。可惜官场并不是只看才学。等到我四十多岁，还是一副刚直的脾气，遇上不对的事情开口便骂，得罪了不少有背景的人，升迁无望。有一段时间我很沮丧，写出来的作品都带着一股忧愤之气。

幸运的是，我娶了一位很好的妻子赵氏，她与我相濡以沫，让我能在郁郁不得志中找到一丝柔情的慰藉。可惜，她先我而去，有时候想起她冒着酷暑为我缝补衣服的情景，我都悲伤得不能自已。我的外表性子都很粗犷，内心却有着细腻多情的一面，所以我也会写极其婉约浓艳的词，喜欢把唐代李商隐、温庭筠等人那些华美精致的句子化用在我的词里边。我开玩笑地称之为用笔驱赶他们为我填词，假装前辈先贤们正为我不停地干活，算是为黯淡的生活找一点趣味吧。后来我干脆闭门谢客，把自己关在家里读书。虽然生活清苦，有时候甚至还要借贷度日，但远离了纷扰的现实社会，内心总算慢慢平静下来。也许，这就是我的归宿吧。

青玉案

凌波不过横塘路，但目送，芳尘去。锦瑟华年谁与度？月桥花院，琐窗朱户，只有春知处。

碧云冉冉蘅皋暮，彩笔新题断肠句。试问闲愁都几许？一川烟草，满城风絮，梅子黄时雨。

知识卡片　贺铸为什么会被叫作“贺梅子”？

贺铸曾隐居姑苏，附近有个地方叫横塘。第一句“凌波不过横塘路”中的“凌波”出自曹植的《洛神赋》“凌波微步，罗袜生尘”，代指美人。这里写的是贺铸在横塘偶遇美人，目送她离开。“锦瑟华年谁与度”引用唐代李商隐“锦瑟无端五十弦，一弦一柱思华年”的诗意，是诗人在遥想这位美人的生活。下阕则想到美人独处深闺的忧伤。“彩笔”出自南朝才子江淹的故事。传说，江淹曾梦到有人授予他五色彩笔，之后就学问大增，声名远扬。但后来他又梦见两晋文学家郭璞，郭璞说那是自己的笔，现在要取回。结果江淹从此再无佳作。彩笔也就成了文才好的代名词。这里是说美女有才情，要抒写自己的愁思。最后形容愁思连用三个比喻，个个生动贴切，“梅子黄时雨”一句尤为人所赞叹，于是贺铸也就成了“贺梅子”。

周邦彦：我是词家之冠，你也可以叫我词中老杜

◇◇◇◇◇◇◇◇◇◇◇◇◇◇◇◇◇◇◇◇◇◇◇

周邦彦（1056—1121）

字美成，号清真居士，钱塘（今浙江杭州）人。北宋词人，作品有调美、律严、字工的评价。调美，是因为周邦彦精于音律，善于在作品中展现文字唱诵时的音韵之美，他曾经创制了不少新词调，是少数能自己作曲的词人。律严，是说他重视词的创作规范，这点和唐朝诗人杜甫很像，所以被称为“词中老杜”，也有人称他为“词家之冠”。字工，是夸他的语言典雅精致，化用前人意境浑然天成。他的作品集叫《片玉词》，又叫作《清真集》，此外还有一本《清真居士集》，可惜已经散佚，现在看不到了。

◇◇◇◇◇◇◇◇◇◇◇◇◇◇◇◇◇◇◇◇◇◇◇

诗人故事

我叫周邦彦，一个多才多艺的文艺青年。对于未来，我很有信心，因为我自认词写得工整典雅，还有一样当时文人少见的长处——精通音律，不但会自己作曲，还懂得把词的发音和曲调相配合，形成一种独特的音韵美。

不过让我踏上仕途的，不是词，而是赋。宰相王安石推行新法，我自己也倾向于新法，就写了一篇《汴都赋》献给神宗皇帝，称赞新法好。神宗很高兴，觉得这篇赋是难得的好文章，我因此被提拔为太学正，在最高学府国子监工作。之后数年，新旧两党交替掌权，我一会儿被贬，一会儿升职，一会儿又被闲置。我在全国到处漂泊，笔下尽是幽怨闺情和羁旅愁思。

直到徽宗登基，我才又回到京都，到新成立的大晟府任职。大晟府是一个专门执掌朝廷音乐的官署。那时大宋已经在多年的新旧党争中走到了末期，苛捐杂税使百姓民不聊生，民间暗流涌动，还有金国在一旁虎视眈眈。朝廷对这一切不管不问，而是希望用礼乐来粉饰太平。大晟府汇集了不少有才华的人，他们为朝廷制作礼乐，大力推行言辞典雅、内容严谨的词作，来对抗民间歌曲的传唱，以免民间酝酿出对朝廷统治不利的声音。我擅长音律，又很少在作品中议论时事，只是写写个人情思，所以徽宗看中了我，让我来主管大晟府。这也算是一展所长吧。比起因为反对新法而半生坎坷的苏轼、秦观等人，我算是运气不错的。可我对国家未来感到忧虑，也因为自己满腹才华，却只成为御用的宫廷词人而失落，填词的时候干脆自称“京华倦客”，写下满纸的失意悲伤。奸臣蔡京得势后，玩弄权术把朝廷弄得更加乌烟瘴气，我不愿同流合污，干脆再次离开京都到地方去做官。这次离开，不知道什么时候才能回到这梦开始的地方了。

苏幕遮

燎沉香，消溽暑。鸟雀呼晴，侵晓窥檐语。叶上初阳干宿雨，水面清圆，一一风荷举。

故乡遥，何日去？家住吴门，久作长安旅。五月渔郎相忆否？小楫轻舟，梦入芙蓉浦。

知识卡片

因荷花而起的一首思乡词

周邦彦的词大多华丽典雅，精心雕饰，但这首《苏幕遮》却一反他惯常的风格，无论写情还是写景，走的都是“清水出芙蓉，天然去雕饰”的路子。

“燎沉香”即焚烧沉香。沉香又叫伽南香、奇南香，是一种名贵的香料。焚香静心，是为了“消溽暑”。“溽暑”指又湿又热的盛夏气候，盛夏也是荷叶连天、荷花绽放的季节。

周邦彦写这首词时，他已经靠献上称赞新法的《汴都赋》得到神宗赏识，被赐官。可是得官之后，事业又长期止步不前，周邦彦内心不免烦躁，考虑要不要干脆离京回乡，如今荷花更勾起了他的思乡之意。接着，作者用白描的手法写汴京的荷花，再在下阕结尾处以“梦入芙蓉浦”写回忆中家乡的荷花。整首词以荷花为着眼点，王国维在《人间词话》中称它为“真能得荷之神理者”，夸赞它写出了荷花的神采。

兰陵王·柳

柳阴直，烟里丝丝弄碧。隋堤上、曾见几番，拂水飘绵送行色。登临望故国，谁识，京华倦客？长亭路，年去岁来，应折柔条过千尺。

闲寻旧踪迹，又酒趁哀弦，灯照离席。梨花榆火催寒食。愁一箭风快，半篙波暖，回头迢递便数驿，望人在天北。

凄恻，恨堆积！渐别浦萦回，津堠岑寂，斜阳冉冉春无极。念月榭携手，露桥闻笛。沉思前事，似梦里，泪暗滴。

◉

这是一首抒发离别之情的词。

古代有远行时折柳相送的习俗，所以柳成为离别的象征。整首词写柳阴、柳丝、柳絮、柳条，都是在渲染周邦彦离开汴京时的心情。汴京附近的汴河是隋朝时所开凿，所以汴河的堤坝叫“隋堤”。“浦”是主河道旁通的小口，“别浦”是水流分支的地方。“津堠”是渡口附近的守望所。汴京便在这些水路风景中渐行渐远。

西河·金陵

佳丽地，南朝盛事谁记？山围故国绕清江，髻鬟对起；怒涛寂寞打孤城，风樯遥度天际。

断崖树，犹倒倚；莫愁艇子曾系。空余旧迹郁苍苍，雾沉半垒。夜深月过女墙来，伤心东望淮水。

酒旗戏鼓甚处市？想依稀、王谢邻里。燕子不知何世；入寻常巷陌人家，相对如说兴亡，斜阳里。

◉

金陵就是南京，曾有六个朝代在此建都，所以古来写它的诗特别多。这首词化用了唐代刘禹锡写金陵的两首诗，一首是《石头城》：“山围故国周遭在，潮打空城寂寞回。淮水东边旧时月，夜深还过女墙来。”另一首是《乌衣巷》：“朱雀桥边野草花，乌衣巷口夕阳斜。旧时王谢堂前燕，飞入寻常百姓家。”

朱敦儒：我用词写下我的自传

◇◇◇◇◇◇◇◇◇◇◇◇◇◇◇◇◇◇◇◇◇◇◇◇◇◇◇◇

朱敦儒（1081—1159）

字希真，号岩壑老人，洛阳（今属河南）人。南宋词人，著有词集《樵歌》和《岩壑老人诗文集》，后者已经散佚。朱敦儒的作品展现出他一生的生活轨迹和心态变化，这在两宋词史是比较少见的。他经历了北宋最后的安逸和南渡后的颠沛流离，并且把这些见闻和感想都记叙在自己的词作中，这使他的作品具有鲜明的自传性。这种以词抒情言志，同时表现社会现实的写法，初步将诗与词的功能合为一体，对后来的词人辛弃疾以及辛派词人有直接影响。

◇◇◇◇◇◇◇◇◇◇◇◇◇◇◇◇◇◇◇◇◇◇◇◇◇◇◇◇

诗人故事

朱敦儒这个名字背后，可能是一个疏狂不羁的山野隐士，可能是一个慷慨激昂的热血男儿，也可能是一个懦弱的老人。

青少年时代，优越的家境使我养成了富贵闲人的脾气。长大后我也不想考科举，没有光宗耀祖的志向，也没有赚钱养家的压力，何苦去蹚官场的浑水。我喜欢结交志趣相投的朋友，搞了一个“洛中八俊”的组合。我擅长填词，人送“词俊”称号，笔下的一首首词，记录了兄弟几个风花雪月、笑傲王侯的潇洒生活——没想到，那是北宋最后的繁华与辉煌。

几年后风云突变，金兵南下攻占了大宋京都，连我们的皇帝都被掳走做了人家的俘虏，昔日好友各奔东西，我也辗转多地避难。新登基的高宗皇帝领着大臣们到江南过起了偏安一隅的日子。国破家亡，山河失色，我开始记录一路上看到的惨状和从此无可归依的凄凉，再也没有了年少轻狂。此时的我开始反思自己是不是做错了？国家如此风雨飘摇，我是不是该做点什么？以前那个清高自诩的朱敦儒不在了，取而代之的，是一个热血燃烧，在朝堂力主挥兵北上、光复河山的主战大臣。可没想到，我写了那么多慷慨悲壮之词，却叫不醒装睡的懦弱君臣。我主战，奸臣秦桧主和，十余年朝堂交锋，我最终败下阵来。朝堂之事让我大失所望，于是我又过起寄情山水的生活，文字也恬淡起来。可秦桧想把我笼络了去做御用文人，用我的笔去粉饰太平。我当然不肯。于是秦桧表面让我儿子当官，实际上却把他当人质，暗示我若不服从，后果自负。我屈服了。有人笑我懦弱，说我早年如此清高，后来又一副热血爱国的样儿，如今却晚节不保。

我不想争辩。我已经老了，只求一家人平平安安，些许浮名有那么重要吗？

西江月

世事短如春梦，人情薄似秋云。
不须计较苦劳心，万事原来有命。

幸遇三杯酒好，况逢一朵花新。
片时欢笑且相亲，明日阴晴未定。

知识卡片 延续白居易风格的希真体代表作

朱敦儒晚年颇为坎坷，在秦桧的威逼利诱下做了官，导致晚节不保，饱受讥讽。之后他隐居嘉禾，回顾平生遭遇，有一种看破世情的感悟，写下了许多看似旷达，实则消沉颓废的作品，这首《西江月》就是代表。

“世事短如春梦”的“春梦”，是春夜里容易消逝的梦境。历代文人很多都喜欢采用这个意象。唐代白居易在《花非花》中就写过“来如春梦几多时，去似朝云无觅处”，所表达的往事易逝易变的意思和本词也比较接近。有人分析，朱敦儒后期的词和白居易不光在闲适知足上有相似之处，两人浅近通俗的风格也比较相似。接下来的语句就表现出了这点。除了最后“片时欢笑且相亲”中“且”应为“聊且、姑且”的意思，相对容易被误解外，其他语言都非常直白，就像散文一样。这种词作风格后来被称为“希真体”。

拓展阅读

相见欢

金陵城上西楼，倚清秋。万里夕阳垂地，大江流。

中原乱，簪缨散，几时收？试倩悲风吹泪、过扬州。

◉

金兵攻陷汴京，朱敦儒南下避祸，暂居金陵。这首词就是他登金陵城城楼时所写。国破家亡，他眼里处处是萧瑟清秋、黯淡夕阳、逝水和悲风这样带有伤感色彩的风景。“倩”是请人做事的意思。当时扬州是抗金前线，所以作者遥遥关注着那里，希望风把自己的忧国之心带到那里去。

鹧鸪天·西都作

我是清都山水郎，天教分付与疏狂。曾批给雨支风券，累上留云借月章。
诗万首，酒千觞。几曾着眼看侯王？玉楼金阙慵归去，且插梅花醉洛阳。

◉

“清都”一词出自《列子》，是传说中天帝所居的宫阙。洛阳牡丹最为出名，但宋代学者周敦颐在名篇《爱莲说》中称“牡丹，花之富贵者也”，所以作者放弃牡丹，选择插戴向来为文人称颂的梅花，以显示自己视富贵如浮云的高洁品行。

李清照：大家夸我是最出色的女词人

◇◇◇◇◇◇◇◇◇◇◇◇◇◇◇◇◇◇◇◇◇◇◇◇◇

李清照（1084—约1151）

号易安居士，齐州章丘（今属山东）人，南宋著名词人，也是中国文学史上最为杰出的女性之一。李清照不赞同当时用作诗的手法填词的风气，认为词"别是一家"，应该有自己的内容形式规范，填词要注重字词发音并和音律相配合，保持能唱的特色。她善于以白描手法勾画生活细节，从而展示自我的内心世界。她的词语言清丽，情感真挚，被称为"易安体"，是婉约词的代表。她的诗慷慨激昂，多为咏史和感怀时事，与词风截然不同。她所著的《易安居士文集》《易安词》等作品集已经散佚，现在流传的《漱玉集》和《李清照集》都是后人编辑的。

◇◇◇◇◇◇◇◇◇◇◇◇◇◇◇◇◇◇◇◇◇◇◇◇◇

诗人故事

你问我，才女的人生和别人有什么不同？我不知道别人的人生是什么样子，我的一生就像四季。

父母从小教我琴棋书画，诗词歌赋。加上我的天分和努力，到我十来岁的时候，李清照三个字在文坛上就有些名气了。那些记述少女闺阁生活的词，就像我的青春一样，轻快活泼，春光灿烂。不仅如此，我还十分关心国家大事，借诗发表自己的看法。

十八岁那年，我嫁给了吏部侍郎的儿子赵明诚。几年后公公去世，明诚被诬陷入狱，折腾了好几个月才无罪释放。为了躲避官场是非，我们搬回青州老家居住。少了无意义的人情往来，我们把更多的时间花在爱好上，搜集了各式石刻碑文和各种钟鼎文物，整理资料，参考古书的体例，慢慢编辑了多达三十卷的《金石录》。闲暇时，我们谈诗论文，游玩嬉闹。回想起那段日子，就像夏天重重叠叠的树叶间投下的阳光，斑斑点点，伴着阵阵蝉鸣，岁月静好不过如此。那时候我写的词，连离愁别恨都带着甜蜜。

可惜，这样的日子只过了十多年。金兵南下，大宋国土惨遭蹂躏。我们仓促间奔赴江南避祸，多年收藏遗失了不少，夫妻也被迫分开。几经周折，我再次见到明诚时，他已经因为多日的奔波劳累而染病，没到一个月，他便离我而去，连遗言都没有留下。明诚离开的那一日，我的人生从此走入秋天，满目萧条，尽是凄凉。局势纷乱，我过着颠沛流离的生活，身体一日不如一日，还得了一场大病差点没命。我再婚过一次，奈何所托非人，又迅速离婚。在这样的磨难中，我变得坚硬锐利起来，感怀故国、忧愤时事的诗文仿佛有金石之音。只是我的身体，越来越支撑不起激烈的情绪了。秋天到了，冬天还会远吗？等到大雪茫茫，我这个才女的一生，大概也就到了尽头了吧。

如梦令

常记溪亭日暮，沉醉不知归路。兴尽晚回舟，误入藕花深处。争渡，争渡，惊起一滩鸥鹭。

知识卡片 被多次误读的闺秀词

李清照这首《如梦令》几次被误认为是其他文人的作品，曾被张冠李戴到苏轼身上，也曾被记为无名男士所作，甚至还有书署名其作者是吕洞宾。这是因为词中包含“常”“日暮”“沉醉”“兴尽”等数个描述尽情玩乐的词汇，措辞有着不同于一般女子的豪放之气。加上宋代理学逐渐主导了社会主流思想，封建社会对名门闺秀的要求越来越苛刻，一个年轻女性出去游玩，还喝得酩酊大醉，很晚才回家，这种事相当罕见，人们下意识地认为这首词不会出自闺阁女性之手。李清照的父亲虽然治学严谨，却给了女儿非常宽松的家庭氛围，不以性别来限制女儿的成长。所以李清照喜欢喝酒、玩乐，眼光也从不局限于生活。她关心时政，对事物有着独立的思考。这种性格不光让她能够在年轻时写出这样一首充满健康自由气息的词，也支撑着她度过晚年的苦难，写出那些豪气纵横的诗。

一剪梅

红藕香残玉簟秋。轻解罗裳，独上兰舟。云中谁寄锦书来？雁字回时，月满西楼。

花自飘零水自流。一种相思，两处闲愁。此情无计可消除，才下眉头，却上心头。

·簟（diàn）：竹席

知识卡片

青出于蓝而胜于蓝的相思名句

李清照和赵明诚婚后十分恩爱，赵明诚因事远行，李清照思念他，便写下这首婉约缠绵的《一剪梅》，其中有不少广为流传的名句。

下阕第一句“花自飘零水自流”，“花自飘零”化用晏殊《浣溪沙》中的“无可奈何花落去”，“水自流”取自唐代刘禹锡《竹枝词》中的“水流无限似侬愁”，一句词包含两位文人名句，意境更上一层楼。结尾处“此情无计可消除，才下眉头，却上心头”三句，从范仲淹的《御街行》中“都来此事，眉间心上，无计相回避”脱胎而来，但以“眉头”对“心头”，一个“下”一个“上”，语句结构更为巧妙，清代学者王士禛就夸过这句词特别工整。近代词评家陈邦炎也认为，范仲淹的句子平铺直叙，缺乏醒人眼目的艺术效果，而李清照的句子青出于蓝而胜于蓝，在艺术上有更大的吸引力。

夏日绝句

生当作人杰，死亦为鬼雄。
至今思项羽，不肯过江东。

知识卡片 渡江与不渡江，就是懦夫与英雄的区别

项羽兵败后，他本可以渡过乌江，回到江东大本营慢慢经营，等待东山再起的机会。但他觉得无颜面对江东父老，于是不肯渡江，自刎于乌江边。虽然项羽兵败身亡，但这种英雄气概让李清照十分赞赏，认为他“生为人杰，死为鬼雄”，值得人们尊崇。当时靖康之变不久，金国虽然侵占了中原，但乃是孤军深入，在中原立足未稳，各地都有人民的反抗义军威胁着他们。如果宋高宗能趁势联合各地军事力量，挥军北上，很有可能一举收复中原。但高宗君臣狼狈仓皇地渡过黄河，躲到了江南，对沦陷的土地不闻不问。这种懦弱的表现让李清照尤为痛恨，写诗将其与宁死不肯渡江的项羽做对比，谴责之意溢于言表。

声声慢

寻寻觅觅，冷冷清清，凄凄惨惨戚戚。乍暖还寒时候，最难将息。三杯两盏淡酒，怎敌他、晚来风急！雁过也，正伤心，却是旧时相识。

满地黄花堆积，憔悴损，如今有谁堪摘？守着窗儿，独自怎生得黑！梧桐更兼细雨，到黄昏、点点滴滴。这次第，怎一个愁字了得！

知识卡片 宋词里叠字艺术的巅峰

李清照的晚年十分困苦，相爱的丈夫过世，国家山河破碎，自己颠沛流离，尝尽世情冷暖。所以这一阶段她的词完全不同于年轻时的轻快明丽，而是一首首沉重绝望的哀歌，这首《声声慢》就是其中的代表。这首词因开篇连用十四个叠字而闻名。这种新颖的形式不光在词中是首见，在诗、曲、赋中也绝无仅有，因此历来被人称道不已，明代文学家杨慎甚至因此把这首词推为李清照词作第一。全词无论写景写人都围绕一个"愁"字，下阕中"梧桐更兼细雨，到黄昏、点点滴滴"更融合了秦观的"安排断肠到黄昏"和唐代温庭筠《更漏子》中"梧桐树，三更雨，不道离情正苦。一叶叶，一声声，空阶滴到明"的意境。最后进行总结："这次第，怎一个愁字了得。""次第"不是次序，而是光景的意思。写愁到此戛然而止，和后世辛弃疾的"而今识尽愁滋味，欲说还休"有异曲同工之妙，言有尽而意无穷，更显愁思之深。

拓展阅读

渔家傲

天接云涛连晓雾，星河欲转千帆舞。仿佛梦魂归帝所，闻天语，殷勤问我归何处？

我报路长嗟日暮，学诗谩有惊人句。九万里风鹏正举。风休住，蓬舟吹取三山去！

◉

战国屈原曾在《离骚》中写过“日忽忽将其暮”和“路漫漫其修远兮，吾将上下而求索”。李清照结合自己的身世，将这些意思概括在“路长”和“日暮”两个词中，回答上阕中天帝关于人生目标的提问，表达了自己上下求索的志向。

咏史

西汉本继绍，新室如赘旒。
所以嵇中散，至死薄殷周。

◉

南宋继承了北宋，就像东汉继承了西汉。李清照借古讽今，认为金国扶植的那些伪政权，就像西汉大臣王莽篡夺政权建立的“新室”一样，不是正统传承，得不到人民的拥戴。她赞赏的“嵇中散”是三国时反对司马氏家族篡位的嵇康，他的行为表现出对国家的忠贞与气节。

• 赘旒（zhuìliú）：本意为连缀在旌旗上的飘带，这里引申为被大臣挟持的君主，实权旁落

陈与义：我连接起江西诗派与南宋文坛

◇◇◇◇◇◇◇◇◇◇◇◇◇◇◇◇◇◇◇◇◇◇◇◇

陈与义（1090—1139）

字去非，号简斋，洛阳（今属河南）人，南宋诗人，著有《简斋集》和《无住词》。陈与义延续北宋文人黄庭坚、陈师道的创作之路，学习唐代诗人杜甫的写作手法，前期题材、风格都缺乏自己的特色。经历了金兵南下带来的国破家亡的危机后，他的思想和创作手法都有了巨大突破，写下众多爱国题材的诗歌，形成了雄浑深沉的诗风，对后来陆游等人有较大影响。虽然他的诗风和题材都和之前的江西诗派有较大差别，但作为南渡后诗坛上唯一和之前江西诗派有渊源的文人，陈与义依旧被一些人视为江西诗派的一员，与黄庭坚、陈师道并称为江西诗派的“三宗”。

◇◇◇◇◇◇◇◇◇◇◇◇◇◇◇◇◇◇◇◇◇◇◇◇

诗人故事

我年纪轻轻时就以诗闻名，博得了一个“诗俊”的绰号，我为墨梅写的诗还得到过徽宗皇帝的称赞。只是我的诗好是好，但无论题材和技巧，较长时间都没有突破之前黄庭坚、陈师道的范畴，依然是在学唐代的杜甫。

直到发生靖康之变，太多人的生活变得支离破碎，我才骤然发现，自己以往那些文字太书生气，太不识人间疾苦了。江西诗派的吕本中作《江西诗社宗派图》，整理江西诗派人员师承时，我才十三岁，与前期的诗人也没什么师承关系，所以未在其列。历经艰难逃到江南避祸的那一路，我看到了战火和苦难，血与火浸染了我的笔，让我写下的每一个字都变得厚重起来。我不再单纯追求写诗的技巧，因为和杜甫一样亲历了山河破碎，我的诗和这位忧国忧民的诗圣有了真正的相通之处，变得雄浑沉郁，有了值得让人反复咀嚼回味的意义。

我的诗名因此越来越大，高宗把我召到他身边做官。那时朝廷里主张北伐光复中原的主战派和以秦桧为首的主和派斗得非常凶，动不动就有人被下狱问罪，连岳飞将军都没能幸免。我不懂那些权谋心术，平日里不苟言笑，也不和其他朝臣有什么私下往来，只是与人为善，推荐了很多贤士。没想到因此人脉越来越广，威望越来越高，加上高宗看重，权臣们又因为我没什么野心也懒得对付我，我一步步竟然升到了副宰相的位置。

身处这样高的位置，我原本打算为国家做点什么。我赞同应该抓住机会光复中原，但向高宗婉转进谏几次后，发现他只求在江南偏安，并没有挥兵北上的决心。我很失望，但生性不知道怎么勉强别人，干脆眼不见心不烦，辞官了。希望我能在山水田园中，忘掉这些忧愁吧。

牡丹

一自胡尘入汉关，十年伊洛路漫漫。
青墩溪畔龙钟客，独立东风看牡丹。

知识卡片 国破家亡之人的十年诗祭

靖康之变后，陈与义离开家乡洛阳流落江南，转眼已是十年。洛阳牡丹天下闻名，所以陈与义在他乡见到牡丹，情不自禁地思念起自己的家乡，表达了国破家亡之痛。“一自胡尘入汉关”说的就是靖康之变。“十年伊洛路漫漫”这句很有趣，因为“伊洛”和“路漫漫”都有两层意思。“伊洛”指的是黄河边上的伊河与洛河，首先代指诗人的家乡。同时《国语》中记载当初伊河与洛河枯竭后夏朝也就灭亡了，这里“伊洛”又暗指亡国之痛。《古诗十九首》中有“还顾望旧乡，长路漫浩浩”之句，因此“路漫漫”含有去国怀乡的伤痛。《离骚》中的“路漫漫其修远兮，吾将上下而求索”也用了“路漫漫”，所以此处亦表现了诗人内心未消的耿耿之志。“青墩溪畔龙钟客”说的是客居在青墩溪畔老迈的作者自己。最后一句“独立东风看牡丹”的“独立”取意李密《陈情表》中“茕茕孑立，形影相吊”，突显出怀乡之士孤苦伶仃的黯然形象。

临江仙

夜登小阁，忆洛中旧游。

忆昔午桥桥上饮，坐中多是豪英。长沟流月去无声。杏花疏影里，吹笛到天明。

二十余年如一梦，此身虽在堪惊。闲登小阁看新晴。古今多少事，渔唱起三更。

知识卡片 陈与义最有苏轼味儿的作品

陈与义是著名诗人，词写得很少，但有两句词非常有名，被人称作“奇丽”，那就是《临江仙》中的“杏花疏影里，吹笛到天明”。这首词写于陈与义退出官场，客居湖州青墩镇时。光复中原无望，他也不能回北方的家乡，回想起二十多年前自己在洛阳鲜衣怒马的生活，不禁感慨万千。“忆昔午桥桥上饮”的“午桥”是洛阳一处名胜，唐代名臣裴度经常在此宴请当时的才子名流。陈与义年轻时，也和朋友们效仿前辈英豪在此聚会，言谈间个个胸怀大志，自信能做出一番事业，即“坐中多是豪英”。可是下阕急转，经历二十余年天翻地覆的变故后，只剩下“闲登小阁看新晴。古今多少事，渔唱起三更”的淡然旷达。“渔唱”即渔歌。“三更”是古代的计时方法，指 23 时至 1 时，即半夜。这种看淡世事，夜听渔歌的态度和创作风格很像苏轼，因此后世很多人对陈与义的词作评价很高。

岳飞：我以一腔热血谱写了南宋的最强音

◇◇◇◇◇◇◇◇◇◇◇◇◇◇◇◇◇◇◇◇◇◇◇◇◇◇◇

岳飞（1103—1142）

字鹏举，相州汤阴（今属河南）人，南宋抗金名将，后来追谥武穆，再后追封鄂王，有《岳武穆遗文》传世。岳飞从小遍阅经史，有很多风雅读书人的爱好。但作为武将，他一生大多数时间都在征战沙场，所创作的文学作品并不多，现存的文章有一百六十多篇，诗作十多首，词作只有三首。他的作品字里行间都充溢着澎湃的热血与爱国精神，刚劲有力的文辞中洋溢着崇高的气节和战斗豪情，尤其是词作悲壮雄浑，成为千百年来激励人民保家卫国的英雄战歌，是文学史上不朽的杰作。

◇◇◇◇◇◇◇◇◇◇◇◇◇◇◇◇◇◇◇◇◇◇◇◇◇◇◇

诗人故事

据说我母亲生我的时候，有只巨大的鸟从我家屋顶呼啸着飞过，所以父母给我取名岳飞，字鹏举。人们觉得这事挺玄乎，都说我以后要做大事。什么是大事呢？我读了很多书，找到一个答案：为国为民做的事，就是大事。

所以我十九岁那年就进入军队，四处剿匪。后来金兵南下，侵占了我大宋的都城，还俘虏了皇帝，这简直是奇耻大辱，铁蹄之下，百姓生活更是苦不堪言。从那时起，我心里只有一件事：光复中原，让百姓重新过上安稳的日子。这个念头日日夜夜炙烤着我，让我不管走到哪里，赏景还是会友，只要提起笔，都忍不住以诗言志，诉说我对收复失地的渴望。

等到高宗登基，我认为朝廷已经稳住了局面，可以整顿军队北伐。可是没想到，高宗却说我一个小将领没资格谈论国家大事，革了我的职，把我赶出了军队。

后来因为抗金军情紧急，我又得到了领军的机会，逐渐成为军中不可缺少的灵魂人物。高宗给了我兵权，还亲自写了“精忠岳飞”四个字，做成旗帜赐给我。可高宗总是变来变去，一会儿说要把中兴大宋的事全权委托给我，激动得我洋洋洒洒写了一篇《乞出师札子》，说不完的豪情壮志；一会儿又迟迟不肯做出北伐的决定，还听信奸臣秦桧的蛊惑，要跟金国议和。而我却无能为力，满腔悲愤只能倾泻在诗文之中。在秦桧的挑拨下，高宗对我不再那么信任了，最后还听凭秦桧把我抓进监狱，用莫须有的罪名处死了我。

个人的荣辱生死，我倒不是那么放在心上。只可惜曾有过很好的机会可以对金兵乘胜追击，偏偏朝廷被秦桧等人把持，用十二道金牌逼我退兵还朝，十年努力，毁于一旦。没能看见大宋光复河山是我一生最大的遗憾。

满江红

怒发冲冠，凭栏处、潇潇雨歇。抬望眼，仰天长啸，壮怀激烈。三十功名尘与土，八千里路云和月。莫等闲、白了少年头，空悲切。

靖康耻，犹未雪。臣子恨，何时灭。驾长车踏破贺兰山缺。壮志饥餐胡虏肉，笑谈渴饮匈奴血。待从头、收拾旧山河，朝天阙。

知识卡片 一曲气壮山河的英雄战歌

靖康二年（1127年），金兵攻陷汴京，搜刮走了大量财富，并把宋徽宗和宋钦宗等皇室成员作为俘虏带回金国，北宋就此灭亡，史称“靖康之变”，又称“靖康之难”。对大宋人民来说，这是极大的耻辱与苦难。但南宋朝廷偏安江南，迟迟不肯出兵北上收复失地，所以岳飞在《满江红》的下阕中发出了“靖康耻，犹未雪。臣子恨，何时灭”的悲愤之音。最后“朝天阙”中的“天阙”指的是帝京，也就是帝王宫殿的所在，“朝天阙”就是去向皇帝报告光复中原的喜讯。全词笔力雄浑，凌云壮志展露无遗，其气概令人震撼。

陆游：我是有九千多首诗流传的爱国诗人

◇◇◇◇◇◇◇◇◇◇◇◇◇◇◇◇◇◇◇◇◇◇◇◇◇◇◇◇

陆游（1125—1210）

字务观，号放翁，越州山阴（今浙江绍兴）人，南宋文学家，和诗人尤袤、杨万里、范成大并称为“南宋四大家”，又称“中兴四大家”，著有《剑南诗稿》《渭南文集》《南唐书》《老学庵笔记》等。陆游的诗集李白的飘逸豪放与杜甫的沉郁顿挫于一体，又有语言平易流畅、法度严谨的特色，尤其善于写对仗工整的七言诗。他一生创作了大量作品，现在流传下来的有九千多首，内容丰富，很多诗都抒发了他的政治抱负，表现了百姓疾苦。其强烈的爱国激情不但对南宋后期诗歌产生了积极影响，直到清代都还被用来激励人民抵抗外来侵略者。

◇◇◇◇◇◇◇◇◇◇◇◇◇◇◇◇◇◇◇◇◇◇◇◇◇◇◇◇

诗人故事

有人问我，陆游啊陆游，你为什么能活这么久呢？我对尘世并没有太多眷恋，我曾有一份刻骨铭心的爱情，但由于长辈的阻挠，她早早离我而去，我曾写下《沈园》和《钗头凤》等诗词来纪念她。我一直活着，大概是因为我在等一个消息。

从我有记忆起就知道，祖国山河破碎：金国侵略了大宋，占据了中原大好河山，给人民带来了无穷的苦难。我的父辈只要谈起国家大事，不是咬牙切齿，就是痛哭流涕。这给我幼小的心灵带来极大的震撼，于是我立下一个心愿：击退金兵，光复中原。我读了很多书，思考政治策略，同时研究兵法，就是为了在有机会的时候，能有足够的本事为国效力。

孝宗皇帝继位后，呼吁北伐收复失地的声音在朝堂中越来越响，我也提出了许多军事和政治上的策略，激动地看着张浚率军北上。然而北伐失利，朝堂投降主和的声音又多了起来，我这个主战派被削去官职，赶回了老家。我愤然写下一首首谴责那些软骨头的诗，宣泄心中的怒气与伤痛。好在几年之后，我又得到了到四川军中任职的机会。虽然是读书人出身，但我也和士兵们一样，连着几天吃麦饼，冒着风雪走山路、渡大河，甚至近距离观察金兵的阵营，只恨没有机会上阵杀敌。这些经历，我都记录在自己的诗中。

但好景不长，我被调任离开军队，在烦琐的政务中蹉跎光阴。我本就是个率性而为的人，再加上军旅生活的经历，于是在官场上更加格格不入。孝宗倒是有些欣赏我的文才，提拔过我几次。可我骨子里追求的是抗金复国，不是荣华富贵。这心思，这脾气，都在我的诗里表现得明明白白，让我难容于权贵。六十五岁那年，我再次被罢官，返回故乡。身在山野，年老体弱，我只能用一首首诗词来书写自己戍卫轮台、铁马冰河的梦了。我期待有一天，能听到这懦弱腐败的朝廷振作起来，赶走侵略者的消息。

我会一直等下去。

卜算子·咏梅

驿外断桥边，寂寞开无主。已是黄昏独自愁，更著风和雨。

无意苦争春，一任群芳妒。零落成泥碾作尘，只有香如故。

知识卡片 爱梅之人的咏梅杰作

陆游极爱梅花，写下了众多以梅花为主题的诗词，或赞美梅花的风姿，或歌颂梅花的品德，或记叙自己寻梅赏梅的经过，或单纯抒发对梅花的热爱。这首《卜算子》则和周敦颐的《爱莲说》一样，以喜欢的花自喻。

“驿外断桥边”的“驿”是古代的驿站，有些设置在野外偏僻之地，所以旁边是残破的“断桥”。陆游写这首词的时候仕途不得意，不被朝廷重用，和这开在人迹罕至处的梅花一样备受冷落。朝中主和派当道，陆游难觅知己，只能独自苦闷，所以是“已是黄昏独自愁”。而主和派的排挤打压，正是“更著风和雨”。

下阕“无意苦争春”的“苦”是拼命、尽力的意思，梅花与陆游都无意争那个风头，不屑于与阿谀奉承之徒为伍。哪怕后果是“零落成泥碾作尘”，也依然“香如故”。最后这句画龙点睛，梅花不畏风雨、坚贞自守的形象跃然纸上，使本词成为咏梅杰作。

游山西村

莫笑农家腊酒浑，
丰年留客足鸡豚。
山重水复疑无路，
柳暗花明又一村。
箫鼓追随春社近，
衣冠简朴古风存。
从今若许闲乘月，
拄杖无时夜叩门。

知识卡片

你知道农村过年时的气氛什么样吗？

陆游因为力主抗战得罪了主和派，被罢官后回归家乡。和朝堂的尔虞我诈截然不同，乡村民风淳朴，足以抚慰诗人烦躁的内心。

“莫笑农家腊酒浑”中的“腊酒”是上年腊月酿造的米酒，“丰年留客足鸡豚”的“豚”指小猪。第三联“箫鼓追随春社近”的“社”是土地神，“春社”就是立春后祭祀土地神，祈求来年的丰收。喜庆欢闹的氛围让诗人心情愉快，游兴大发。“山重水复疑无路，柳暗花明又一村”正是诗人在山间漫步时发生的事，这种从生活现象总结出给人以启发的道理，正是宋诗理趣的体现。从这一联也能看出，乡村生活非常治愈，让诗人重新燃起了希望，认为自己的前途也会“柳暗花明又一村”。

示儿

死去元知万事空，但悲不见九州同。
王师北定中原日，家祭无忘告乃翁。

知识卡片 一封最悲壮的遗嘱

陆游是宋代难得的享有高寿的文人，活了八十五岁。他生性豪迈，在历经这么多年的仕途坎坷和感情波折后，更加豁达，对死已无惧怕，对生也无太执着的留恋，所以在一生的最后一首诗中，慨然表示“死去元知万事空”。“元”是本来的意思。陆游一生为北伐奔走，可从未被真正重用，空有热血却报效无门，这是他最大的遗憾。因此他的作品里一再说“常恐先狗马，不见清中原”“死前恨不见中原”“但有一可恨，不见复两京”，临死前还要再提一次“但悲不见九州同”。据记载古代分中国为九州，后来就用九州来代指全中国。他自知再没有机会亲眼看到光复中原，只能叮嘱儿孙“家祭无忘告乃翁”，其信念十分动人。陆游死后二十四年，南宋和蒙古合作，灭掉了金国，希望这位忠心的爱国者在九泉之下能感到稍许安慰吧！

拓展阅读

十一月四日风雨大作二首（其二）

僵卧孤村不自哀，尚思为国戍轮台。
夜阑卧听风吹雨，铁马冰河入梦来。

◉

“轮台”是汉代西域地名，在今新疆一带，这里代指边疆。“冰河”泛指北方严寒之地。陆游被罢官后回到家乡，不以老病之躯为意，心心念念的依旧是要保卫边疆，收复北方失地。

秋夜将晓出篱门迎凉有感二首（其二）

三万里河东入海，五千仞岳上摩天。
遗民泪尽胡尘里，南望王师又一年！

◉

“三万里河”指黄河，“五千仞岳”指华山，这两处地方都在金兵占据的北方地区。“遗民”是劫后残留之民，这些生活在敌占区的大宋子民生活更是艰难，只能一年年盼望朝廷派军队收复中原。陆游写遗民生活心声，希望激起朝廷的斗志，出兵收复中原。

书愤

早岁那知世事艰，中原北望气如山。
楼船夜雪瓜洲渡，铁马秋风大散关。
塞上长城空自许，镜中衰鬓已先斑！
《出师》一表真名世，千载谁堪伯仲间！

◉

“瓜洲渡”和“大散关”都是宋朝的国防重地，宋军曾在这两地抗击金兵，对此陆游津津乐道。他念念不忘的北伐，刚好与诸葛亮《出师表》“奖率三军，北定中原”“兴复汉室，还于旧都”等契合，所以他非常推崇这篇文章。

范成大：我一生最光鲜的经历是出使金国

◇◇◇◇◇◇◇◇◇◇◇◇◇◇◇◇◇◇◇◇◇◇◇◇◇

范成大（1126—1193）

字致能，号石湖居士，苏州吴县（今江苏苏州）人，南宋政治家、诗人。他擅长各种文体，不过其中最出名的是诗歌，因为他的诗语言浅显易懂，题材广泛，对南宋文坛产生了一定影响。范成大与杨万里、陆游、尤袤合称为“南宋四大家”。他最有名的作品是组诗《四时田园杂兴》，一共有六十首，描绘了美丽的农村风光与百姓的疾苦。他留下的代表作有诗集《石湖居士诗集》《吴船录》《吴郡志》等。

◇◇◇◇◇◇◇◇◇◇◇◇◇◇◇◇◇◇◇◇◇◇◇◇◇

诗人故事

我是范成大，出生在吴县，也就是你们现在的江苏苏州。在我四岁那年，金人打到了吴县，许多农夫的田地被踏坏或烧掉。到我十四五岁时，母亲和父亲接连去世，家难、国难一下子全落到我头上。我受到了很大的打击，变得很消沉。

父亲的老朋友见我意志消沉，就劝我要坚持读书考试，因为只有考取进士、做了官，才有希望拯救国家于危亡。听了他的话，我慢慢沉下心来重新开始读书备考。二十八岁时，我考中进士，被分配去一个叫徽州的地方，负责管理人口与税收等事务。这份工作让我有了更多和底层老百姓接触的机会。我负责收税，理应为收到更多的粮食而开心，但看到农民们辛苦种出来的粮食只能留下很少一点给自己，心里很不是滋味。为此，我写了一组悯农诗，来反映农民的生活。

后来，我被召回京城工作。皇帝派我出使金国，希望金国归还皇帝陵墓，并且修改不平等的受书礼仪。这在当时是一件很危险的事情，金国与南宋一向不和，且无故更改和议条款，去金国出使有可能会被杀死。但我并不害怕，还是爽快地接下了任务。为了达到目的，我事先写了一份奏章，偷偷带进了金国朝堂。在向金国君主递交了国书后，我突然掏出奏章献给他，这在当时很不合规矩。金国臣子们吓了一跳，急忙冲上来让我离开，金世宗也愣住了。可不管他们怎么赶我，我都跪着不动，非要献上这份奏章不可。就这样，我用这种“犟”办法将奏章交了上去。

在回京的路上，我看到许多被金人攻打后变得破败不堪的民居与农田，心中不禁百感交集，写下了七十二首纪行诗，将心里对祖国的深情，全都寄托在其中。

四时田园杂兴六十首（其四十一）

垂成穑事苦艰难，忌雨嫌风更怯寒。
笺诉天公休掠剩，半偿私债半输官。

·穑（sè）：收割谷物，耕作

知识卡片 范成大的田园诗

《四时田园杂兴》一共有六十首，根据时节分成春日、晚春、夏日、秋日、冬日五组，每组各有十二首。有学者认为，正是这一组诗标志着范成大田园诗创作的成熟。在范成大年轻时，他写田园诗总有点模仿陶渊明的意思，写农村生活时往往抱着欣赏自然风光的态度，写出的诗也比较轻松欢快。后来，他逐渐了解到农民生活的疾苦，对田园生活有了更深刻的理解，于是转而学习白居易等人，创作了许多反映农民辛苦的诗，《四时田园杂兴》便是典型的例子。他在这组诗里反映了农民的劳动生活和农村的风土人情，还提及了统治者的压迫带给农民的苦难。就像这第四十一首，在前两句中点出了农民种庄稼的艰难，既要付出辛苦劳动，又要受到天灾的影响。可就是这样辛苦得来的粮食，却留不下多少，因为光是官家就要拿去不少。范成大对农民们的同情，在这首诗里可见一斑。

四时田园杂兴六十首（其二十五）

梅子金黄杏子肥，麦花雪白菜花稀。
日长篱落无人过，惟有蜻蜓蛱蝶飞。

◉

“蛱蝶”是蝴蝶中的一类，不过在这里可以直接理解成蝴蝶的意思。篱笆旁“无人过”，是因为农忙时大家都在田地里劳作，谁也没有工夫去悠闲地散步，难怪安静了下来。蝴蝶与蜻蜓翩翩飞舞，起到了“以动衬静”的效果。

四时田园杂兴六十首（其三十一）

昼出耘田夜绩麻，村庄儿女各当家。
童孙未解供耕织，也傍桑阴学种瓜。

◉

“绩麻”的意思是将麻纤维搓成线或绳子。在古代，如果谁想要织一块麻布，需要先将麻搓成麻线，再用搓出来的线织布做衣服。这活儿一般是在夏天做的，所以“绩麻”也暗暗点出了这首诗创作的季节。

杨万里：我创造了“诚斋体”

◇◇◇◇◇◇◇◇◇◇◇◇◇◇◇◇◇◇◇◇◇

杨万里（1127—1206）

字廷秀，号诚斋，吉水（今属江西）人，南宋诗人、政治家，“南宋四大家”之一。刚开始创作时，杨万里学习的是推崇杜甫的江西诗派，诗歌主题以吟咏书斋生活为主，注重推敲文字的技巧。后来，他开始学习王安石的诗，最后则完全脱离了前人的影子，创造出“诚斋体”。这些诗构思新巧，语言通俗明快，追求简单自然的语言。杨万里一生创作了两万多首诗，遗憾的是，流传下来的只有其中的一部分。著有诗集《诚斋集》。

◇◇◇◇◇◇◇◇◇◇◇◇◇◇◇◇◇◇◇◇◇

诗人故事

我名叫杨万里，不过你也可以叫我“诚斋先生”。我在永州做官时，曾与自己非常崇拜的大学者张浚先生见面，他用“正心诚意”来勉励我好好读书，从那以后，我就把自己的书房命名为“诚斋”，并且将它作为自己的号了。

我父亲是位私塾先生，从小我便受到他的教导，意识到读书是人一生中最重要的事情之一，即便吃不饱穿不暖，也要省钱买书。二十七岁那年，我便考中了进士，和范成大是同榜。

起初，我只是在比较偏远的地方做官员。1167年，我写了一篇名为《千虑策》的文章，阐述了自己在治理国家上的见解，包括选拔人才、法律民政等。朝廷里有威望的大臣读了它以后，对我大为赞赏，推荐我进入都城临安做官。我原以为自己的仕途从此能一帆风顺，可惜并非如此。我比较刚直，如果认定了某个观点是正确的，就算得罪有权势的人也一定要说出来。这样的性格，在皇帝那儿也不讨喜，所以我后来的职务大多只有名头，没有实权。

唉，既然不受重用，我干脆寄心于山水，诗风也就此转变。在以前，我写诗的契机往往是阅读——我对儒学很感兴趣，经常研究儒家的著作，也常读前人的好诗，有意识地对他们进行模仿。杜甫、黄庭坚、王安石，这些大诗人都是我学习的对象。渐渐地，我改变了自己爱模仿的习惯，开始创作更有个人风格的诗。我还把以前写的一千多首旧诗都给烧了，因为它们带有很浓的“江西派”印记，而我已经不再认同这个派别了。江西派的一大特点，就是喜欢使用少见的生僻字词。我的创作主要表现自然风景，如果用太多生僻词，就很难达到清新自然的效果。因此，我开始尽量使用平实的词句，减少引经据典，这样的诗读起来更流畅，人们还能口口相传。

又做了几年官后，我干脆隐退，不再参与政治上的事情。宁宗曾经邀请我出山，我没有答应。我想，人的志向未必要通过仕途来达成，如果能写出几首广为流传的诗，那也算是一种成就吧。

过松源晨炊漆公店六首（其五）

莫言下岭便无难，赚得行人错喜欢；
正入万山圈子里，一山放出一山拦。

知识卡片 是山，也是“难”

《过松源晨炊漆公店》是组诗，一共由六首组成，这是其中的第五首，也是名气最大的一首。杨万里在诗中写出了下山也艰难：“一山放出一山拦”，也就是说好不容易爬过了一座山，另一座山立刻又横在面前了。不过，有学者认为，杨万里写这首诗别有深意。由于政治意见与皇帝和高官并不一致，杨万里的一生其实并不受重用，担任的官职往往没有多少实权，在朝廷里也说不上什么话。但是，他却一直没有停止发出自己的声音。他主张抗击金军，反对投降，这与皇帝的想法相违背，他因此被放逐去了外地。对杨万里来说，人生中的困难也就像山一样，一波未平，一波又起，好像看不到转机。但是，这并不妨碍他怀着积极进取的心理，一次次与命运抗争，与爬山的人不会畏惧山的高远是同样的道理。

晓出净慈寺送林子方

毕竟西湖六月中，
风光不与四时同。
接天莲叶无穷碧，
映日荷花别样红。

知识卡片 谁是“林子方”？

这首诗的题目里提到了一个名叫林子方的人，他是杨万里的好朋友。林子方的本名叫林枅，“子方”是他的字，在古时候，诗人们一般都用字或者号来称呼好朋友。1187年，林子方被调去福州做官，不再是杨万里的下属了。杨万里非常舍不得他，于是写了一组送别诗，看似极力称赞西湖之美，其实是在婉转地表达自己希望朋友留下之意。

这首诗的最后两句之间有一种“互文”关系，也就是说，不仅是大大一片莲叶接着天际，荷花也同样“接天”；反过来也是一样，莲花映着太阳，莲叶也同样“映日”。这种句间意思交错互通的句子，就是互文。为什么古人要使用这种修辞手法呢？也许是因为古汉语主张精炼，而且古诗词往往受到格律的限制，使用互文能用较少的字表达相对更为丰富的意思，难怪古代的诗人们会使用它了！

小池

泉眼无声惜细流，
树阴照水爱晴柔。
小荷才露尖尖角，
早有蜻蜓立上头。

知识卡片

为什么小荷叶的角是“尖尖”的？

《小池》或许是杨万里最有名的诗歌之一了，现在我们一说到描写初夏风光或者描写荷叶的诗，就难免会提到“小荷才露尖尖角，早有蜻蜓立上头”这两句。不过，你是不是有个疑问：荷叶难道不是圆圆的吗？为什么杨万里会说小荷叶露出了“尖尖”的角呢？因为，那些圆圆的荷叶是已经成熟了的，而它们的幼芽其实是卷起来的，长大了才会舒展开来。这样的描写不仅贴切地展现出了小荷的样子，也点明了诗歌创作的时节——不是盛夏，而是初夏，因为荷叶都还没舒展开来，说明夏天才刚刚到来。

全诗的精妙之处在于一个“小”字，无论是“泉眼”“细流”，还是“小荷”“尖尖角”都刻画了一个小巧玲珑的景致，令人赏心悦目。

拓展阅读

宿新市徐公店

篱落疏疏一径深，树头花落未成阴。
儿童急走追黄蝶，飞入菜花无处寻。

◉

创作这首诗的时候，杨万里正在建康（今江苏南京）做官，离诗歌题目里说的“新市”非常近。他在临安和建康间往返时，一定会经过新市这个地方。某次借宿在新市时，杨万里被美丽的田园景色吸引，触景生情，写下了这首清新明快的小诗。

稚子弄冰

稚子金盆脱晓冰，彩丝穿取当银钲。
敲成玉磬穿林响，忽作玻璃碎地声。

◉

“钲”是一种中国古代乐器的名字，有两种形制，一种似钟，另一种似锣，此处取后者。古人在打仗的时候，会敲击它来演奏军乐。在这首诗里，小孩子把盆里结的冰取出来当作银钲敲，多么天真可爱呀。

· 钲（zhēng）：一种古代乐器，在行军时敲击使用

闲居初夏午睡起二绝句（其一）

梅子留酸软齿牙，芭蕉分绿与窗纱。
日长睡起无情思，闲看儿童捉柳花。

◉

杨万里用“分绿”两个字描写出芭蕉的绿色映在了窗纱上的景象，仿佛是芭蕉主动把自己的绿意分享给了窗子，使用了拟人的手法。“柳花”指柳絮，是柳树的种子，长着白色的绒毛，随风飞散如絮。

朱熹：我是理学的“集大成者”，用诗歌讲道理

◇◇◇◇◇◇◇◇◇◇◇◇◇◇◇◇◇◇◇◇

朱熹（1130—1200）

字元晦，又字仲晦，号晦庵、晦翁，祖籍徽州婺源（今属江西），南宋思想家、文学家、教育家。他在文学、哲学乃至自然科学等许多方面都做出了很大的贡献，尤其是哲学。朱熹将周敦颐等人创立的“理学”发展得更为完善，建立起完整的理学体系，因此被称为理学的“集大成者”，也就是达到了最高水平的人。朱熹对许多中国古典文化典籍重新进行了整理与解释，也创作了不少关于儒学的诗作。著有《四书章句集注》《诗集传》等，后人编有《朱文公文集》《朱子语类》等。

◇◇◇◇◇◇◇◇◇◇◇◇◇◇◇◇◇◇◇◇

诗人故事

如果你对中国古典哲学感兴趣，那我们可真该好好聊聊，因为我花了好几十年研究各种古典哲学著作，还写过好多文章来评述它们呢。我叫朱熹，是个研究“理学”的哲学家。你可别被“理学”这个词给吓跑了，其实它很有趣，也并不难理解，用诗歌来加以解释，就更有意思啦。

其实，我年轻时对理学并没有什么了解，直到三十多岁时才找到了这个研究的方向。我父亲是一名学者，从我很小的时候开始，他就有意培养我多读书、多思考的习惯，还为我找了好几位有名的老师，引导我学习。我没有辜负父亲的期望，十八岁便考中了进士，成为管理地方事务的一名官员。一般人考中进士以后，肯定要抓住机会表现自己，争取在皇帝面前留下个好印象，这样才能做大官、享厚禄，而且恨不得一直做下去。但我对功名的追求却并不多，我只在官场里待了几年，便离开了。政治上，我算是“主战派”，反对与金人讲和，坚持抗敌。但这并没有得到皇帝的支持，我也因此对朝廷有些心灰意冷。

离开官场以后，我潜心治学，发展了许多前人留下的理论。其中，比较出名的便是“文道观”，也就是“文”与“道”之间的关系。我提出，文是从道之中流淌出来的，所以对一篇文章而言，最重要的就是它所承载的道。

我提出的这些观点影响了许多文人，所以最后营造出一种“散文被置于理学的规范之下”的氛围。这意味着人们写文章时更注重哲理与思想，而不是把精力全放在咬文嚼字上面，因此催生出了更多思维缜密的好文章。但是，这也带来了一些问题：由于人们都强调思想的重要性，往往容易忽略文笔。所以，也有不少人指出，如果一味跟着我的“文道观”走，写出的文章就比较粗糙，不够精细。实际上，我也重视“文道合一”，反对把文和道割裂开。但能真正做到“文道合一”就没那么容易了。

观书有感二首（其一）

半亩方塘一鉴开，
天光云影共徘徊。
问渠那得清如许？
为有源头活水来。

·渠（qú）：代词，这里指方塘

知识卡片

“半亩方塘”在哪里？

这是一首借景喻理的诗作。诗人将读书的感受比作一方池塘，认为只有不断知新（输入活水），才能做到通达明理。关于诗中“半亩方塘”的位置，向来众说纷纭，有学者专门研究了这首诗的创作背景，认为它就是福建莆田黄石谷城山麓的濯缨池。濯缨池原名叫作“姑青池”，池子上有一座亭子，名为“观书亭”，看上去非常秀美。根据《朱子语类》的记述，1160 年，朱熹前往莆田听学者林光朝、方次云讲道，感到收获颇丰，与这两个学者成了好朋友。在那之后，朱熹在莆田游学了一小段时间，四处观赏风景，与其他学者们交谈切磋，也和其他朋友们聊天游乐。1161 年的某一天，朱熹来到了濯缨池旁，看着潺潺流动的清水，一下得到了灵感，挥笔写下两首《观书有感》，它们后来成了朱熹最著名的组诗之一。

拓展阅读

观书有感二首（其二）

昨夜江边春水生，蒙冲巨舰一毛轻。
向来枉费推移力，此日中流自在行。

◉

“蒙冲”在古文里也常被写作“艨艟”，是中国古代一种狭长的战船。这种船的防御能力非常强，表面覆盖着一层牛皮，在作战时能发挥重要作用。在这里，蒙冲被用来代指“大船”。诗中说，平日需要很多人才能推动的大船，有了水后却能自在地航行。作者将灵感比作“春水”，灵感的勃发可以让创作流畅自如。

春日

胜日寻芳泗水滨，无边光景一时新。
等闲识得东风面，万紫千红总是春。

◉

读到这首诗里的“等闲”，你会不会想到“等闲之辈”这个成语呢？但其实，两个“等闲”并不互通，“等闲之辈”是指“普通人”，而诗中是指“轻易，随便”。如果人们轻轻松松地就能看出春天的面貌，那说明春意真的已弥漫在各个地方了。有学者认为，“泗水”暗指孔子讲学之地，所以在这首诗中，朱熹想要欣赏的不仅仅是春天的美景，还想表明孔子的学问与教诲像春风一样，深入人心。

张孝祥：我豪放词写得好，被称为“辛派先驱”

◇◇◇◇◇◇◇◇◇◇◇◇◇◇◇◇◇◇◇◇◇◇◇◇◇◇

张孝祥（1132—1170）

字安国，号于湖居士，乌江（今安徽和县东北）人，南宋词人。从风格来说，张孝祥是“豪放派”的代表词人，写的词风格豪迈，往往与时事有关。他以苏轼为典范，以词抒壮志豪情，又兼具潇洒之姿，在艺术上别开生面，自成一家，是继苏轼之后，辛弃疾之前，宋代首屈一指的著名词人。有学者称其为辛派词人的先驱。1170年，他因送别友人而中暑去世，年仅三十八岁。著有《于湖居士文集》《于湖词》等。

◇◇◇◇◇◇◇◇◇◇◇◇◇◇◇◇◇◇◇◇◇◇◇◇◇◇

诗 人 故 事

我名叫张孝祥，说到家庭出身，我的家境与其他有名的南宋词人比实在算不得好——他们的父亲多是大官，能给子女许多熏陶和支持；而我父亲只是一个小小的官吏，家里也没有什么田产，我们过着比较清贫的日子。

不过，我在读书方面却非常有天赋，有过目不忘的本事，写文章也又快又好，一小会儿就能写出几千字，常常把大人都吓一跳。十六岁时，我便通过了乡试，二十二岁时，一举考中状元，一下子名声大噪。有人夸我“天上张公子，少年观国光”，说看到我就像看到了国家杰出英才的风采，还真让人有点不好意思呢。

考中状元后，我升官升得很快，没几年就承担起给皇帝执笔代言的工作，很是风光。也因为年纪轻轻便担任要职，我遭到了小人的妒忌和暗算，被迫离开了朝廷。仕途不顺，我干脆回家去，醉心创作，写了许多关乎时世的豪迈词。

说到写词，就不能不提我心中的偶像苏东坡了。我是他的头号粉丝，他的诗词我不知读了多少遍。我最喜欢的就是他作品中的那一股豪迈之气，所以自己动笔时也常以他为典范。我每次写完都要拿给朋友看，问他们：“比起苏东坡的作品，怎么样啊？”后来，我又陆续创作了很多和战事相关的诗。我主张与金人拼死作战，坚决不能投降。可我在朝廷里说不上什么话，只能创作诗歌来抒发心里对国势的焦虑。哎，要是我的诗词真能把朝廷里一味退缩的官员给喊醒就好了。只是他们仍然一副自以为是的样子，似乎一点也听不见老百姓的期望与呐喊。不想这些啦，我要去送别一位朋友，我们说好了要在船上喝酒，不醉不归！下回见！

念奴娇·过洞庭

洞庭青草，近中秋，
更无一点风色。玉鉴
琼田三万顷，着我扁
舟一叶。素月分辉，
明河共影，表里俱澄
澈。悠然心会，妙处
难与君说。

应念岭海经年，孤光
自照，肝肺皆冰雪。
短发萧骚襟袖冷，稳
泛沧浪空阔。尽挹西
江，细斟北斗，万象
为宾客。扣舷独啸，
不知今夕何夕！

知 识 卡 片

为什么张孝祥会感到“寒冷”呢？

在这首词的下阕，张孝祥说自己感到“肝肺皆冰雪”，穿着薄薄的衣衫，觉得身上很冷。这里的“冰雪”并不是说诗人的肝肺被冰雪给冻住了，而是诗人认为自己内心光明磊落，就像冰雪那样纯洁。有学者认为，他此处写出的寒冷也并不只是身体上的冷，更有“心灰意冷”的意思。这首词创作于 1166 年，正是张孝祥被小人暗算，一气之下决定罢官的那一年。他在做官的时候一心为民，做了许多有益民生的事情，却被小人说成一个只顾自己游乐玩耍的懒官，因而罢官回乡。他在回乡途中经过洞庭湖，想起了自己遭到的打击与针对，不禁心生寒意，写下了这首词来表明心志。因此，有人曾说，张孝祥的这首词不仅是在感慨洞庭湖的面积很大，也是在表明自己内心的光明磊落。

辛弃疾：我是豪放派词人的代表

◇◇◇◇◇◇◇◇◇◇◇◇◇◇◇◇◇◇◇◇◇

辛弃疾（1140—1207）

字幼安，号稼轩，历城（今山东济南）人，南宋词人。他的词题材丰富，气势磅礴，因此被认为是豪放派词人的代表，与苏轼并称为“苏辛”。除了诗词以外，辛弃疾也写过不少分析政治军事形势的文章，比如奏疏《九议》和《美芹十论》。他的政治命运比较坎坷，前半生并没有得到朝廷的重用，长期赋闲，晚年被赏识起用，但做官不久后就因病去世。有《稼轩长短句》传世。

◇◇◇◇◇◇◇◇◇◇◇◇◇◇◇◇◇◇◇◇◇

诗人故事

我是辛弃疾，在我出生前十几年，金人攻入汴京，北宋王朝因此覆灭，我的出生地便是沦陷区之一。祖父本想带着全家人逃走，但家里人口实在太多，很难一起离开，所以他只能留在济南，忍气吞声地在金人的朝廷里做官。他心中一直怀有恢复祖国疆土的理想，所以常常带着我登上高山远望，向我讲述他心中的复国理想。

这在我心中埋下了抗金复国的种子。1161年，金国发生了内乱，南犯宋也被阻击，沦陷区的人们纷纷反抗金人的压迫，我也毅然参与到起义之中，组织起一支两千多人的队伍，加入了抗金先锋耿京的农民起义军。在抗金形势一片大好的时候，意外的事情发生了——起义军内部的叛徒趁我去外地时谋杀了耿京，向敌人投降了，起义军因此乱作一团。我听闻了这个消息，立刻带着五十多名精锐将士冲进金人的营地里发动突袭，将叛徒抓回了南宋朝廷斩首示众。之后我便在南方留下来，为朝廷效力。

可此时的皇帝和大臣非常怯懦，不敢把恢复中原提上日程。他们不让我担任要职，只让我在地方上做无关紧要的小官。在这段时间里，我写了不少分析国家形势的文章，呈给皇帝与宰相，但并没有引起多少重视。四十一岁时，我因为仗义护民得罪了地方豪强，被罢了官。

唉，我满腹雄心壮志，一心想要抗击金人，让百姓过上和平的日子，谁知却因为得罪豪强而被罢免赋闲，空有抱负而没有地方施展。我回到自己以前在江西上饶买下的园子里，潜心创作，写了许多抒发爱国热情的诗词，也不时写几首描绘祖国秀丽风光的作品。有时喝醉了酒，我就忍不住想起年轻时骑马奔赴敌营，严惩叛徒的英雄时刻。啊，要是能回到过去该有多好啊……

破阵子·为陈同甫赋壮词以寄之

醉里挑灯看剑，梦回吹角连营。八百里分麾下炙，
五十弦翻塞外声，沙场秋点兵。

马作的卢飞快，弓如霹雳弦惊。了却君王天下事，
赢得生前身后名。可怜白发生！

知识卡片 “八百里”是什么意思?

这首词是辛弃疾最有名的作品之一，抒发了壮志未酬的一腔悲愤，几百年来被许多人传诵。关于其中的“八百里”这个词到底是什么意思，学者们有着众多说法。多数学者认为，“八百里”此处代指“牛”，意思是士兵们在分食烤熟的牛肉。《世说新语》中有一个故事，讲的是某人有一头好牛，名为“八百里驳”，后人因此在诗词作品中用“八百里”来指代牛。也有学者认为，辛弃疾写这首词的目的是鼓舞自己的好朋友陈同甫，是一首“壮词”，理应极力描绘防地的广阔和士兵的众多。所以，这里的八百里是对防地的描述，意思是士兵们在宽八百里广阔的防地上分食烤肉，这或许带有几分夸张的色彩，但与后文的“五十弦”相呼应，也烘托出点兵时的雄壮气势。你觉得，哪一种解释更贴合辛弃疾的本意呢？

水龙吟·登建康赏心亭

楚天千里清秋，水随天去秋无际。遥岑远目，献愁供恨，玉簪螺髻。落日楼头，断鸿声里，江南游子。把吴钩看了，栏杆拍遍，无人会，登临意。

休说鲈鱼堪脍，尽西风，季鹰归未？求田问舍，怕应羞见，刘郎才气。可惜流年，忧愁风雨，树犹如此！倩何人唤取，红巾翠袖，揾英雄泪？

· 了（liǎo）：了结
· 脍（kuài）：切得细的鱼肉
· 倩（qìng）：请
· 揾（wèn）：擦拭

知识卡片 “任性”的季鹰，丢脸的许汜

你可能会觉得很奇怪，为什么词的下阕会突然提到鲈鱼呢？这就要说到晋人张翰的典故了。张翰字季鹰，是西晋的大文学家。他原本在洛阳做官，某天突然思念起自己家乡那味道鲜美的鲈鱼，于是就辞官回乡了。乍一看，张翰竟为了吃鱼而辞官，未免有些太任性了；但从思恋家乡的角度来看，好像也不是不能理解。辛弃疾却不能这样任性，因为他的家乡当时正处在金人的统治之下，真可谓有家难回。他在词里用这个典故，也是为了抒发内心的不平吧。

“求田问舍”就是另一个故事了，三国时期有个谋士名叫许汜（sì），他是个只顾自己的人，见打起仗来了，就趁乱买了好多田产。有一天，他去见大将军陈登，可陈登却根本不待见他，让他好生丢脸。后来，他把这件事告诉刘备。刘备毫不客气地对许汜说，国难当头，你却只顾自己买地，丢脸也是活该。辛弃疾也和才华横溢的刘郎一样，打心底里看不起那些胸无大志的乱臣。

青玉案·元夕

东风夜放花千树。更吹落，星如雨。宝马雕车香满路。凤箫声动，玉壶光转，一夜鱼龙舞。

蛾儿雪柳黄金缕，笑语盈盈暗香去。众里寻他千百度，蓦然回首，那人却在，灯火阑珊处。

知识卡片 灯火阑珊处，是治学的最高境界

这首词描写的是上元灯节时的情景，其中的最后四句流传极广。辛弃疾在灯火阑珊处见到的，是他寻找了很久的美丽女子，而在大学者王国维的心中，这四句词象征的正是治学的最高境界。王国维在《人间词话》中提出，学者治学一共有三重境界，第一重是“昨夜西风凋碧树。独上高楼，望尽天涯路”，第二重是“衣带渐宽终不悔，为伊消得人憔悴”，而最高的第三重境界，便是辛弃疾笔下的“众里寻他千百度，蓦然回首，那人却在，灯火阑珊处”。这意味着，想要成就大事业或大学问，须得有坚忍不拔的信念，愿意为寻找真理付出许多的时间和精力，功夫到家了，也许在某个不经意的瞬间，学问的真谛就会像灯会上的美丽女子那样，立在灯火阑珊处等待着寻找它的人。

拓展阅读

清平乐·村居

茅檐低小，溪上青青草。醉里吴音相媚好，白发谁家翁媪？

大儿锄豆溪东，中儿正织鸡笼。最喜小儿亡赖，溪头卧剥莲蓬。

◉

词中的“亡”是通假字，同“无”。一般来说，我们用无赖这个词形容蛮不讲理、没有出息的人，但在这里是顽皮、淘气的意思。这首词通篇使用白描的手法，没有使用繁杂的修饰，描绘出了乡村生活的宁静与质朴。

·乐（yuè）：词牌名中读 yuè
·媪（ǎo）：老妇人
·亡（wú）：同“无”

丑奴儿·书博山道中壁

少年不识愁滋味，爱上层楼。爱上层楼，为赋新词强说愁。

而今识尽愁滋味，欲说还休。欲说还休，却道“天凉好个秋”！

◉

在创作这首词的时候，辛弃疾正在一个叫带湖的地方闲居。此时，辛弃疾已被罢免了官职，无法再为国家效力。从年轻时起，他心中便怀有恢复中原的雄心壮志，但现在却只能赋闲，眼看着金人霸占自己的家乡而无能为力，真是尝尽了忧愁的滋味啊！

南乡子·登京口北固亭有怀

何处望神州？满眼风光北固楼。千古兴亡多少事？悠悠。不尽长江滚滚流。

年少万兜鍪，坐断东南战未休。天下英雄谁敌手？曹刘。生子当如孙仲谋。

◉

辛弃疾的许多诗词里，都化用了三国时期的典故，而这首词赞美的正是三国时期吴国的建立者孙权。就连与之齐名的曹操也说，生儿子就要生孙权这样的。辛弃疾化用了这个典故，烘托出孙权的盖世英才，足可见他对孙权是多么欣赏崇拜了。

·兜鍪（dōumóu）：古代战士们戴的头盔

太常引·建康中秋夜为吕叔潜赋

一轮秋影转金波，飞镜又重磨。把酒问姮娥：被白发，欺人奈何？

乘风好去，长空万里，直下看山河。斫去桂婆娑，人道是，清光更多。

◉

姮娥，也就是我们所说的月中仙子嫦娥。在创作这首词时，辛弃疾正被迫生活在南方，因为金人已经占领他在北方的家乡。他并不是真想要砍去神话中的桂树，而是想赶走金人在中原的势力——他们在北方大肆压迫汉人，给百姓带来了无穷无尽的苦难，就像桂影遮蔽了象征幸福的月光。

·姮娥（héng'é）：嫦娥

·斫（zhuó）：砍

永遇乐·京口北固亭怀古

千古江山，英雄无觅，孙仲谋处。舞榭歌台，风流总被，雨打风吹去。斜阳草树，寻常巷陌，人道寄奴曾住。想当年，金戈铁马，气吞万里如虎。

元嘉草草，封狼居胥，赢得仓皇北顾。四十三年，望中犹记，烽火扬州路。可堪回首，佛狸祠下，一片神鸦社鼓。凭谁问：廉颇老矣，尚能饭否？

◉

"寄奴"是南朝宋武帝刘裕的小名，他有过许多了不起的功业，与南宋怯懦的统治者比起来，更是英武有为。写这首词时，辛弃疾已经六十五岁了，他终于得到调用，在浙东做安抚使，但他的意见依然没有引起当权者的重视。当辛弃疾在京口北固亭驻足时，想起了历史往事心中感慨，于是写下了这首词。

·狼居胥（xū）：狼居胥山，古代的山名

·佛狸（bìlí）：指北魏太武帝拓跋焘，他字佛狸

姜夔：我是词人中的“流浪汉”

◇◇◇◇◇◇◇◇◇◇◇◇◇◇◇◇◇◇◇◇◇◇◇◇◇

姜夔（约 1155—1209）

字尧章，号白石道人，饶州鄱阳（今属江西）人，南宋词人、音乐家。他的词作以注重音律著称，常常自创新调，讲究韵律之美。除了文学以外，姜夔在音乐方面也很有造诣。他著有四卷《白石道人歌曲》，收录了不少自创的曲调；他还写过不少谈论音律的文章，其中比较有名的是谈论宫廷音乐得失的《大乐议》。他还著有一部《琴瑟考古图》，可惜未见传本，只在《宋书》记有数百字。另著有《白石道人诗集》《续书谱》等。

◇◇◇◇◇◇◇◇◇◇◇◇◇◇◇◇◇◇◇◇◇◇◇◇◇

诗人故事

大家好，我叫姜夔——你也许从来没见过“夔”这个字吧！夔是中国古代神话传说中的独腿怪物，看起来有点像马；你要是读过《山海经》的话，也许会对它有点儿印象。

其他诗人说起自己的生平故事，总少不了大谈一番考取进士的经历，再讲讲自己如何在官场里施展才华。我不一样，一生都没当过官，二十多岁时一连好几次失败落榜，就干脆放弃了科举，潜心研究诗词和音律。后来，逐渐被一些有权势的文人赏识，得以维持生计。

我一生中最重要的朋友名叫萧德藻，他年纪比我大很多，但谈论起诗歌时，我俩一点代沟也没有，认识没多久就成了忘年交。他将我介绍给当时其他有名的诗人，帮助我踏入文坛，那些诗人中还有不少你们熟悉的人呢，比如杨万里和范成大，都曾与我一同写诗唱和。后来，我也结识了一些有权有势的豪族。其中，张鉴、张镃两兄弟给我的帮助是最多的。他们是大将军张俊的孙辈，在南方有许多田产。他们还曾经想要花钱为我买个官做，但我婉言谢绝了。

我在音律上潜心研究，颇有些心得，希望能在这方面对朝廷有些贡献。于是，在庆丰三年，也就是 1197 年，我向朝廷进献了一卷《大乐议》，评述了朝廷音乐的得失，另外还有一卷《琴瑟考古图》，结果都没有得到采纳。有人说是因为朝廷乐官忌妒我的才华。这并没有打消我的积极性。两年后，我又向朝廷献上《圣宋铙歌鼓吹曲》十二章，终于得到赏识，并获得一次直接参加进士考试的机会。很可惜，那次我依然没有考中。自此，我也就彻底放弃了仕途的希望，继续过起漂泊四方的日子，每天写写诗，作作曲，也不能说虚度了此生吧？

扬州慢

淳熙丙申至日，予过维扬。夜雪初霁，荠麦弥望。入其城则四顾萧条，寒水自碧。暮色渐起，戍角悲吟。予怀怆然，感慨今昔，因自度此曲。千岩老人以为有黍离之悲也。

淮左名都，竹西佳处，解鞍少驻初程。过春风十里，尽荠麦青青。自胡马窥江去后，废池乔木，犹厌言兵。渐黄昏，清角吹寒，都在空城。

杜郎俊赏，算而今，重到须惊。纵豆蔻词工，青楼梦好，难赋深情。二十四桥仍在，波心荡，冷月无声。念桥边红药，年年知为谁生？

知识卡片 黄昏里的“黍离之悲”

姜夔的好朋友萧德藻（即千岩老人）对这首《扬州慢》大加赞赏，说这首词里有着“黍离之悲”，给出了非常高的评价。《黍离》是《诗经》中的名篇，表达了亡国之痛，因此后世称亡国之痛为“黍离之悲”。为什么一首写景的词会含有这么深切的悲伤呢？也许和它的创作地点有关。

这首词是姜夔路过扬州时写下的，扬州原本是江南最富庶的地区之一，那时却已因战火的摧残而变得破败不堪。曾经那样美丽的地方，如今却是“四顾萧条”，这是多么令人痛心的情景呀！诗人使用了今昔对比的手法，用往昔来衬托现在，体现出很强的落差感。

这首词里提到的“杜郎”，指晚唐的大诗人杜牧，他曾经写过不少赞美扬州风物的诗，“竹西佳处”便是化用了他《题扬州禅智寺》中的“谁知竹西路，歌吹是扬州”。如果杜牧现在来到扬州，看到自己曾经深爱的地方已变得疮痍满目，又该会多么难过啊！

拓展阅读

湖上寓居杂咏十四首（其四）

处处虚堂望眼宽，荷花荷叶过阑干。
游人去后无歌鼓，白水青山生晚寒。

◉

《湖上寓居杂咏》组诗（共十四首）是姜夔住在杭州西湖旁时写的。西湖作为风景胜地，自然会有许多游人驻足观赏。而游人散尽后宁静的西湖，又别有一番风情。如果把这首诗诵读出声，你会发现它朗朗上口，听起来像一首音乐那样和谐，也许姜夔在写诗的时候，也动用了作曲方面的天赋吧！

湖上寓居杂咏十四首（其九）

苑墙曲曲柳冥冥，人静山空见一灯。
荷叶似云香不断，小船摇曳入西陵。

◉

据说创作这组诗的时候，姜夔已经四十六岁了，那时入仕的可能性已经微乎其微。于是，他放弃科举，安居于杭州，开始寻找内心的宁静。“人静山空”这四个字，或许就寄托了他对自己心境的期盼吧。

赵师秀：作为“永嘉四灵”，我们集结出道

◇◇◇◇◇◇◇◇◇◇◇◇◇◇◇◇◇◇◇◇◇◇◇◇

赵师秀（1170—1219）

字灵芝、紫芝，号灵秀、天乐，永嘉（今浙江温州）人，南宋诗人。他的作品风格清丽，与三位老乡徐照、徐玑和翁卷并称为“永嘉四灵”。生活在宋元之际的文人方回认为“四灵诗，赵紫芝为冠”，这与大部分学者的看法相同。他们觉得，四人之中赵师秀的成就最高、影响最大。赵师秀推崇晚唐诗人贾岛和姚合，他还为二人编写了诗集。受晚唐诗体影响，赵师秀对诗中字词尤为精雕细琢。

◇◇◇◇◇◇◇◇◇◇◇◇◇◇◇◇◇◇◇◇◇◇◇◇

诗人故事

你听过“一方水土养一方人”这句话吗？它是在说，不同的地域孕育出不同的人，而不同的人创造出不同的文化。文人们也常常借故乡之名，结成大大小小的门派。这不，光是在我的故乡永嘉——也就是你们现在的温州——就有两个响当当的团体，它们都和一位叶适先生有关。其中一个叫“永嘉学派”，叶先生是它的现任掌门人；另一个叫“永嘉四灵”，叶先生是发现它的大星探。当时，我和三位老乡相聚，偶然发现四人的名字中都带有“灵”字（翁卷字灵舒，徐照字灵晖，徐玑字灵渊）。叶先生与我们熟识，也欣赏我们的才华，于是把我们称作“永嘉四灵”。我们四个就在叶先生的支持下，正式组合出道了。

当时江西诗派很有名，它的祖师爷是江西的大诗人黄庭坚。江西诗派历史久，影响广，但也渐渐变得僵化。我们这帮永嘉人想要玩出点新花样。江西诗派总说典故很重要，甚至要求诗里的每个字都要有出处。我反其道而行，将原创放在第一位，要写出书里没有记载过的万事万物，因为它们是我脑海中独一无二的。除此之外，我们还将贾岛和姚合这两位晚唐诗人当成偶像，他们喜欢五言诗，我们也就专门钻研五言诗。我还把两位偶像的诗歌摘录下来，编成了《二妙集》，我逢人便夸偶像的诗好，处处推荐他们的作品。贾岛和姚合应该也不会想到，他们会在几百年后又火了一把。

我这一生待在故乡的日子十分有限，和老乡们聚少离多，不少时光都耗费在去外地做官了。但是，在他乡用餐时，我常常会想起家乡美味，想到那些把酒言欢的师友。哪怕粗茶淡饭，只要是永嘉菜，身边坐着永嘉人，就已经特别美好了。

约客

黄梅时节家家雨，
青草池塘处处蛙。
有约不来过夜半，
闲敲棋子落灯花。

知识卡片 在等待中变慢的时间

同样是一个小时，在游乐场中玩耍会显得特别短暂，但如果是在游乐场门口等待迟到的伙伴，就显得特别漫长了。这说明，时间的长短是固定的，但我们对时间的感觉却是变化的。

将近一千年前的赵师秀也在某个夜晚，感受到了时间流逝的缓慢。那是江南初夏，黄梅成熟的时候。每年的这个时段，江南地区都是阴雨连绵，因此得名梅雨季节。诗人一遍遍地看向窗外，等待着已经迟到许久的友人。在无聊而又漫长的等待里，诗人做什么来打发时光呢？答案是下棋。就像电影中的慢镜头，当时间变慢，我们能看到的微小细节也就变多了。而诗人也就在百无聊赖时轻敲棋子，震落了油灯上的灯花。

最后两句已经成为广为传颂的金句，因为它用极平凡的事物表达出诗人从怅然到超然的心境转变。等待友人的急躁情绪化作几朵灯花，诗人由此将变慢的时间作为自己重新审视日常生活的契机。所以，下次朋友迟到时，你不妨放下心中的焦虑，说不定也能发现那些被忽略的、犹如落灯花一般的微小光亮。

翁卷：我字斟句酌，记录下独家记忆

◇◇◇◇◇◇◇◇◇◇◇◇◇◇◇◇◇◇◇◇◇◇◇◇◇

翁卷（生卒年不详）

字续古，一字灵舒，乐清（今属浙江温州）人，南宋诗人。翁卷留下的个人资料很少，学者考证他曾在江淮前线军中工作，其余多数时间辗转各地，生活清贫。作为“永嘉四灵”的一员，翁卷的创作风格与其他三人相近，都讲求炼字琢句。著有《苇碧轩诗集》。

◇◇◇◇◇◇◇◇◇◇◇◇◇◇◇◇◇◇◇◇◇◇◇◇◇

诗人故事

当我们经历一些事情、获得一些感悟时，脑海中便会形成记忆。当这些记忆被写成文字、供人阅读，它们便跃出了个人的头脑，成了大家共同的记忆。就像李白的《静夜思》，观赏明月、思念故乡本来是李白自己的记忆，但经由文字传递，许多年后的我们也能体会到与他相同的感受。

文字是传递记忆的重要工具。没有了文字的记载，关于一个人的记忆可能就随他的死亡消散了。你知道我叫“翁卷”，是因为古书上记录过我的名字；你不知道我的生日和忌日，是因为没有任何相关的文字记载。但是，没被记录不代表不存在。那个你不了解的翁卷是真实存在的，我有三个来自永嘉的好兄弟可以证明这一点。

最年长的徐照比我大二十来岁，他一定记得，那年到湖南游玩，我还写了诗送别他，并嘱咐他再多写几篇好文章。赵师秀和我年纪相仿，我们总有说不完的话题。1200年，他到江西去做官，我们结伴同行。一路上登苍岭，拜草衣寺，游鄱阳湖，好不快活！日积月累的情谊弥足珍贵，因此当有人离去，我便会万般不舍。1214年，徐玑去世，我悲痛欲绝地写下《哭徐玑》，回忆我们下棋踏青的日子。送别友人、游历四方和感怀逝者，都是我们永嘉四灵经常创作的题材。因为诗歌，这些记忆才得以保存，最终被你了解。

有文字记载的记忆如此重要，以至于成为许多读书人的百宝锦囊。文人们常在作品里引用广为流传的记忆，这些名叫“典故”的记忆抒发了作者的观点和情感。一些人甚至在作品里密密麻麻地挤上冷门的典故，让诗句变得晦涩难懂。我很反感这样的行为。我想，与其跟风说些别人已经写过的故事，倒不如讲述自己独一无二的记忆。于是，我抛弃典故，坚持用原创的语言遣词造句，描绘自己的所思所想。

永嘉四灵中，我是最后一个离世的。当三位老友相继逝去，四人曾度过的欢乐时光，就只存在于我一人的脑海中了。我能做的，便是用诗歌记录下那些独家记忆，希望它们能被更多人知晓。我的生命总会有终结的一天，但“翁卷”这个名字和背后的记忆却可以随诗歌流传下来，这便足够了。

乡村四月

绿遍山原白满川，子规声里雨如烟。
乡村四月闲人少，才了蚕桑又插田。

知识卡片 山水美景的背后，暗藏农业机密

《诗经》中的《豳风·七月》记录下了先秦农民一年四季的辛苦耕耘。而在一千多年后的南宋，农民们又过着怎样的生活呢？《乡村四月》为我们揭晓了答案。

诗人首句描写了乡村的山川美景，而在这山色青青、白水茫茫的景色背后，暗藏着南宋农业的机密。南宋朝廷鼓励地方修建水利工程，大大小小的沟渠和水塘不仅构成了一幅幅山水图画，更为农民的耕种解决了水源问题。除此之外，在上千年的摸索之后，老百姓已经掌握了干农活的最佳时机。例如在诗人所写的农历四月，农民们可没闲情去游山玩水。他们忙完桑蚕，又要趁着时节去田里插秧苗了。这些秧苗很可能是从越南引进的"占城稻"，它不仅成熟快，而且适应力强，显著提高了粮食产量。

相比先秦，南宋的农业已经有了巨大的进步。当时流传着"苏湖熟，天下足"的谚语，意思是只要苏州和湖州地区的粮食丰收，天下人就都不怕饿肚子了。南宋乡村的惊人成就靠的是农业技术的发展，更离不开老百姓们日复一日勤勤恳恳的劳作。

吴文英：在我的作品里，你将仿佛置身幻境

◇◇◇◇◇◇◇◇◇◇◇◇◇◇◇◇◇◇◇◇◇◇◇◇◇

吴文英（约 1212—约 1272）

字君特，号梦窗、觉翁，四明（今浙江宁波）人，南宋词人。生活在南宋末期的乱世中，吴文英选择浪迹江湖，以平民身份终老。他的创作受姜夔影响很大，极重视词的格律，即格式和韵律。同时，他又借鉴了柳永、贺铸等人的文字风格，爱用华丽而晦涩的辞藻。著有《梦窗词》。学界对吴文英的作品颇有争议，但大体认可他在文学艺术上的贡献。清词人戈载曾在其著作《宋七家词选》中给予吴文英较高评价；《四库全书总目》中言“词家之有文英，亦如诗家之有李商隐”，足见后人对吴词的推崇。

◇◇◇◇◇◇◇◇◇◇◇◇◇◇◇◇◇◇◇◇◇◇◇◇◇

诗人故事

我们常常用“如梦如幻”来形容美好的东西，这说明梦境和幻觉带给人的感受多是美妙的。

我在杭州也曾有过梦幻般的日子。我先是偶遇了一位江南美人，和她在斜阳垂柳中共游西湖。我吟词，她弹曲，一唱一和，比翼齐飞。我不仅情场得意，还结交了难得的知己。我的哥哥中了进士，同年一起高中的还有吴潜和尹焕。我与他们二人相见恨晚，成为挚友。后来他们做了大官，而我一直是个江湖游士。但身份和地位的悬殊并没有阻隔我们之间的友谊，他们不光尊重我，还招募我加入他们的智囊团，让我能凭自己的本事养家糊口。

就像美梦总有一醒，幻境总会消散，美好的东西似乎都不会持久，我与那位美人分手了。美人留在杭州，而我远走他乡。许多年后，当我重新回到西湖边时，才知道她早已香消玉殒。昔日的景色都还在：泛舟的桃叶渡，登高眺望的楼宇，还有临近分别时我在一面断壁写下的诗句。但是，一同欣赏那些景色的人，却像那晚春落花，永远消失在泥土里了。

佳人的离世令我落泪，而这兵荒马乱的世道则令我忧愤。我与吴潜游历苏州灵岩山时，见到战国时期吴王夫差为西施所造宫殿的遗迹，便想起吴国是如何在荒淫的统治中走向灭亡的。正如昔日的吴国，今日的大宋国力衰落而北方的敌人虎视眈眈。在这危急存亡之际，有才能的人得不到施展抱负的机会，反被奸人迫害。我的好友吴潜，之后便是在排挤与暗算中，含冤而死。

爱人、友人相继离我而去，乱世之中罪恶横行。于是，我只能在诗词中重新描绘那转瞬即逝的美好幻影。梦是跳跃的、混乱的，所以我打破时间和空间的限制，不断转换作品里的时空——上一秒周游九天，下一秒重返人间；梦是绚丽的、斑斓的，所以我总是用浓重的色彩去渲染作品里的事物——赤色的笑容，绿色的皱眉，连情人之间的亲密都是鲜红的。在我构建的如梦幻境里，有些人被我矛盾而难懂的词句吓倒，觉得头晕目眩。但这片小天地藏着我最珍惜的一切，那些我在现实中永远失去的一切。

唐多令·惜别

何处合成愁？离人心上秋。纵芭蕉不雨也飕飕。
都道晚凉天气好；有明月，怕登楼。

年事梦中休，花空烟水流。燕辞归、客尚淹留。
垂柳不萦裙带住。谩长是、系行舟。

·飕（sōu）：风的声音

知识卡片 拆拆合合的文字游戏

一开始，词人就给大家出了个字谜："离人心上秋"。而字谜的答案早已在前一句公布："心"的上头添个"秋"字，合在一起就成了"愁"。从字形上看，"愁"字由"心""秋"两字组成；而从意义上看，"秋"天带给人的"心"情，可不就是萧瑟"愁"苦嘛。无论是凉飕飕的天气，还是向南离去的燕子，这些秋天的特质都让人产生了不少离愁别绪。

吴文英并不是第一个在诗词中玩文字游戏的人。早在汉魏六朝时，就存在一类名叫"离合诗"的杂诗。常见的离合诗，是先"离"后"合"：先把每句诗中的某字按照规律拆开，然后将拆开后得到的字，再两两相拼，组合成新的字。例如孔融写过的一首离合诗，其中四句是："六翮将奋，羽仪未彰。龙蛇之蛰，俾也可忘。"每句诗中的关键字分别是：翮、羽、虵和也。将"翮"减去"羽"，"虵"减去"也"，我们就得到了"鬲"和"虫"。两个字一拼，便组成了孔融的名字——融。

拓展阅读

点绛唇·试灯夜初晴

卷尽愁云，素娥临夜新梳洗。暗尘不起，酥润凌波地。

辇路重来，仿佛灯前事。情如水。小楼熏被，春梦笙歌里。

◉

苏州地方文献《百城烟水》记载，江南地区有正月十三举办灯市的习俗，即试灯夜。灯火通明的夜晚，词人走在车辇喧嚣的大街上，却想起记忆中与美人度过的美好时光。一边是热闹非凡的人潮，另一边则是令人心灰意冷的思念。一热一冷，更衬托出词人的惆怅。

·辇（niǎn）路：宫中楼阁之间可以供马车走的路

风入松

听风听雨过清明，愁草瘗花铭。楼前绿暗分携路，一丝柳，一寸柔情。料峭春寒中酒，交加晓梦啼莺。

西园日日扫林亭，依旧赏新晴。黄蜂频扑秋千索，有当时、纤手香凝。惆怅双鸳不到，幽阶一夜苔生。

◉

清明本是祭奠先人的时节，而词人却在这时怀念落花，献上一首“瘗花铭”，即对花的悼词，后世林黛玉的《葬花词》也是这样。对花的哀悼实则是对已故美人的怀念，所以下阕词人才会怀想曾在庭院秋千上嬉戏的美人，正是美人纤手留下的香味，引来了这许多蜜蜂。

·瘗（yì）：埋葬

文天祥：我用丹心照亮千年史册

◇◇◇◇◇◇◇◇◇◇◇◇◇◇◇◇◇◇◇◇◇◇◇◇◇

文天祥（1236—1283）

字履善，一字宋瑞，号文山，吉州庐陵（今江西吉安）人，南宋末年政治家、文学家。以1276年元军攻破南宋都城为中点，文天祥的人生经历和文学创作可被划分为前后两个阶段。前期，文天祥虽为少年状元，但政绩平平，诗作也不算突出，但在临安（今浙江杭州）沦陷后，他成为抗元主帅，强烈的爱国情感激励他吟诵出不少佳作。文天祥后期的作品多以悲壮和忧愤为基调，感情真挚且浓烈。他辗转抗元，后被元军俘获、囚禁多年，最终宁折不屈，舍生取义。后人辑有《文山先生全集》。

◇◇◇◇◇◇◇◇◇◇◇◇◇◇◇◇◇◇◇◇◇◇◇◇◇

诗人故事

在梦里，早已离世的父亲向我走来。他坐在我身边，又说起了那个已重复无数次的故事：在我出生前不久，他梦见一个孩子乘着紫色的祥云从天上降落。他相信这是个吉兆，就给我取名“天祥”，即天赐的祥瑞。巧的是，不只是父亲，连天子也觉得我是个福星。当年，他钦点我为新科状元，听说了我名字的来历，认为这不光是文家的祥瑞，更是大宋的祥瑞。于是，陛下便为我改了个新字，叫“宋瑞”。

我的名字就像是老天爷开的一个玩笑。我并没有给大宋带来好运，反而见证了它的终结。梦醒之后的我躺在阴暗潮湿的房间里，这是元军在燕京的大牢。七年前，这支残暴人军的铁蹄踏破了临安的城门，掳走了年幼的陛下。那是我人生中最黑暗的一天，但我没有时间去哀痛。元军所到之处烧杀掠夺，我和几个大臣必须要尽一切可能反击敌人。我们带着皇室向南迁移，一边避难，一边组织军队对抗。但天不遂人愿，我兵败被俘，同胞们在崖山的决斗中全军覆没，我却无能为力。

后来，我被押入了燕京的大牢，关了三年多。牢狱里的日子很艰苦，我只能用诗词表达一腔热血。当时流行一种叫“集句诗”的文字游戏，玩法是选取名家不同作品中的诗句组合到一起，形成一首新的作品。原有的每句诗词，就像一块块积木，各种颜色，各种形状，随意搭配。不过，我没有将它当成娱乐消遣，而是认真挑选了我的偶像杜甫的诗，写出了一本《集杜诗》。我发现，在颠沛流离中生活得越久，越能体会到杜甫诗里描述的残酷现实。我也像杜甫写下“诗史”那样，记录下了这个时代的社会百态。同时，我对大宋的忠诚和永不归降的立场，也都在这两百首五言绝句中表达了。

我想，我的牢狱生活也快要结束了。燕京的冬天寒冷刺骨，来看望我的人也越来越少。他们失去了劝服我的耐心，应该是打算处决我了。我不畏惧死亡，因为那是每个人必经的过程。我只是有点不甘心。我没能用所谓的“祥瑞”留住大宋，临了，只希望能用我的倔强，保存住大宋的一点气节和最后的光芒。

过零丁洋

辛苦遭逢起一经，干戈寥落四周星。
山河破碎风飘絮，身世浮沉雨打萍。
惶恐滩头说惶恐，零丁洋里叹零丁。
人生自古谁无死？留取丹心照汗青。

知识卡片 如何面对无法避免的死亡？

无论是一个人，还是一个王朝，都会有死亡或终结的一天。很多时候，死亡并不是短暂的瞬间，而是一个逐渐衰弱的痛苦过程。都城被破之后，反对元军的力量在各地此起彼伏，却又被一一铲除。这对文天祥来说是极其煎熬的。大宋河山像被风吹起的柳絮那样，一点一点地支离破碎；而自己也像骤雨中的浮萍，在元兵的夹击里无处可逃，只能缓慢沉没。

诗歌颈联中，南宋的命运和诗人的命运交叉在了一起。“惶恐滩”和“零丁洋”分别是江西与广东的两处地名，它们恰好映射出诗人的现状：惶恐绝望，孤苦伶仃。面对逐渐逼近的死亡，作为元军俘虏的文天祥写下了千古名句：“人生自古谁无死？留取丹心照汗青。”古人在竹片上写字，青色的竹片烤干时会冒出水珠，像出汗一般，那些用竹简写就的史册因此被称作“汗青”。死亡无法避免，但历史却能带着亡灵继续前行。文天祥在诗中感叹，既然如此，那就让赤诚之心青史长存，照亮那些读史的后来人吧。

拓展阅读

南安军

梅花南北路，风雨湿征衣。
出岭同谁出？归乡如不归！
山河千古在，城郭一时非。
饿死真吾事，梦中行采薇。

◉

文天祥被俘北上的途中，经过家乡江西，一时百感交集。当时离乡时的人已不在，而今自己又以如此狼狈的姿态回乡。尽管国破家亡，诗人仍保持一颗赤子之心。他决定效仿商末的伯夷和叔齐：他们宁可采食野菜，也不愿吃周朝的粮食，最终饥饿至死，却成就了“不食周粟”的气节。

除夜

乾坤空落落，岁月去堂堂。
末路惊风雨，穷边饱雪霜。
命随年欲尽，身与世俱忘。
无复屠苏梦，挑灯夜未央。

◉

“除夜”指的是除夕之夜。在这本该阖家团圆的时刻，诗人却在元都的大牢中回溯自己风雨飘摇的一生，惨痛的现实令诗人倍感人世之艰。旧年即将过去，诗人也预感到自己的生命将走到尽头。在没有屠苏酒的佳节，诗人只能挑着灯芯，等待漫漫长夜的结束。

蒋捷：我把遗民的孤洁说给梅花

◇◇◇◇◇◇◇◇◇◇◇◇◇◇◇◇◇◇◇◇◇◇◇◇◇

蒋捷（约 1245—1305 后）

字胜欲，号竹山，常州宜兴（今江苏宜兴）人，南宋词人。作为南宋最后一批科考进士，蒋捷经历了宋、元两代更替的惨痛过程。宋亡后，他拒绝元朝廷的招揽，选择隐居山林。蒋捷为人孤洁清高，不喜应酬往来。他的作品也恰如其人，在同辈之中别具一格，脱颖而出。蒋捷词兼具辛弃疾和姜夔两派之长，将豪放和婉约结合得恰到好处。同时，遗民身份是他创作的重要灵感，他敢于在词中表达亡国的悲恸和不屈的气节。清人刘熙载在文艺论著《艺概》中将蒋捷比作"长短句之长城"（"长短句"是词的另一种称法），形象地概述了他在词作方面的建树。著有《竹山词》。

◇◇◇◇◇◇◇◇◇◇◇◇◇◇◇◇◇◇◇◇◇◇◇◇◇

诗人故事

一个失去丈夫的女子，人们叫她"遗孀"。一个失去父母的孩子，人们叫他"遗孤"。那一个失去国家的人呢？人们该怎么称呼他？

遗民。这是大宋灭亡后我们这些人的自称。我们这帮大宋遗民流落各地，和这个新建立的"元"格格不入。我们在经历类似亲人逝去的哀痛，最折磨人的是那些触景生情的瞬间。有一年秋天，我在苏州流浪。那里的小桥流水还和记忆中一样，但不见昔日的游人如织。城市里一片萧瑟，乡村更是百废待兴。我字写得不错，便想靠抄书赚点生活费。我问一位农夫，需不需要帮忙抄写一本养牛手册。他叹了口气，摆摆手，说不用——人都勉强度日了，哪还有心思好好养牛呢？

但是，并非所有人都敢直接表达出自己的哀愁和不满，很多人都是战战兢兢地度日。有的甚至放下自己的气节，在元人的朝廷里做官。我不会屈从，也不想看到这些糟心事，便独自躲到太湖的竹山中。那里竹林茂盛，竹子挺拔秀丽。我愿做这百折不挠、性情刚直的竹子，所以就给自己取了个"竹山"的号。

我的隐居生活还算逍遥自在。白天读书习字，晚上和知心友人谈天说地。有时说到动情处，不由自主地敲击节拍，引吭高歌，竟把唾壶给打碎了。只不过，每当想起故国，我依然会陷入不可自拔的惆怅。你应该听过"闻鸡起舞"吧？它说的是晋代两位壮士为报效国家，每天清晨刚听见鸡鸣便起床学习和训练。我已无法像两位豪杰那样满怀壮志，但是我心中的是非曲直还在，浩然正气也还在。我很难和友人们直接分享心里的执念，但却可以将它诉说给梅花。在白雪皑皑的严冬，红梅依旧在枝头傲然而立。恰如我们这些遗民，哪怕经受刺骨寒冷，也要留住那抹高洁的颜色。

虞美人·听雨

少年听雨歌楼上，红烛昏罗帐。壮年听雨客舟中，
江阔云低断雁叫西风。

而今听雨僧庐下，鬓已星星也。悲欢离合总无情，
一任阶前点滴到天明。

知识卡片 蒋大导演的电影蒙太奇

在现代电影制作中，有一种名叫“蒙太奇”的表现手段。它通过将几个独立的片段前后拼接在一起，从而让观众品读出一个连贯的故事。而在《虞美人·听雨》中，蒋捷就像一位电影导演，用三个不同的片段，演出了自己完整的一生。滴滴答答的雨声仿佛一段低沉的旁白，从头到尾缓慢地诉说。上一个镜头还是少年郎在新婚之夜的意气风发，一个转场，便切换到了壮年独自在江舟之上漂泊的悲凉愁苦。这中间究竟发生了什么？让人不禁想要去探寻。最后，一位白发苍苍的老人出现了，他没有了悲欢离合，只剩下了“无情”。画面渐渐淡出，而雨声却还在继续。

词人的艺术手法是含蓄的，但表达出来的情绪却十分强烈。他用雨声串联起了三幅图景，而每幅图景之间的因果关联都没有被明确透露。不过，只要略微了解词人所处的时代就会明白，这些个人的重大转折，都与王朝的兴衰息息相关。“歌楼上”“客舟中”“僧庐下”，三个不同的人生片段像电影中的蒙太奇，将诗人不同人生阶段的境遇展现在读者面前。